변신

Die Verwandlung

아로파 세계문학 **09**

변 신

Die Verwandlung

프란츠 카프카

Franz Kafka

최성욱 옮김

아로파

차례 ▍

선 고
Das Urteil

선 고

— 펠리체 B. 양을 위해

„Und darum wisse:
Ich verurteile dich jetzt zum Tode des Ertrinkens!"

어느 화창한 봄날 일요일 오전이었다. 젊은 상인 게오르크 벤데만은 2층 자기 방에 앉아 있었다. 이 동네의 집들은 대부분 날림으로 만든 나지막한 모양에 강을 따라 한 줄로 길게 늘어서 있어서, 지붕의 높이나 색깔에 따라서만 구분되었다. 게오르크는 외국에 살고 있는 친구에게 보낼 편지를 막 끝내고 장난하듯 천천히 봉한 다음, 창 너머 강과 다리 그리고 연녹색 풍경이 펼쳐진 건너편 언덕을 바라보았다.

그는 이 친구가 고향에 불만을 품고 벌써 수년 전에 공식적으로 러시아로 도망갔던 일을 곰곰이 생각했다. 지금 그는 페테르부르크에서 사업을 하는데, 어쩌다 한 번씩 불쑥 찾아와 늘어놓던 불만 그대로 시작이 좋았던 사업은 오래전부터 부진한 것 같았다. 타지에서 죽어라 일했지만 별소득이 없다 보니, 얼굴을 다 덮은 이국적인 수염은 어릴 때부터 친숙하지만 이제는 누렇게 떠서 병색이 완연한 그의 얼굴을 잘 가리지 못했다. 자기 말대로라면 그는 그곳 교포들과도 연락하지 않고 그 고장 사람들과도 거의 사귀지 않으며, 아예 노총각으로 남을 생각까지 하고 있었다.

분명히 잘못된 길로 빠져 버려 안됐긴 하지만 아무 도움도 줄 수 없는 이 친구에게 편지에다 어떤 말을 한단 말인가? 그에게 집으로 다시 돌아오라고, 다시 말해 삶의 무대를 이리로 옮겨 예전의 친구 관계를 전부 복원하고 — 그렇게 하는 데에 장애될 일은 전혀 없으니 — 덧붙여 친구들의 도움을 한번 믿어 보라고 권하기라도 해야 할까? 하지만 이런 말은 친구를 생각해 주는 것만큼이나 그를 모욕하는 일이 될 것이다. 그 말은 지금까지 그가 시도했던 일들이 실패했으니 이제는 모두 접고 고향으로 돌아오라는 소리이고, 이렇게 되면 그는 영원히 낙향한 사람으로서 주변 모든 사람들의 놀란 시선을 마땅히 감수해야 한다는 말이고, 친구들만이 다소나마 이해해 줄 테니 그저 고향에서 성공한 친구들의 말이나 따르는 늙은 아이가 되라는 이야기와 다름없기 때문이다. 그렇다면 사람들이 그에게 가할 수밖에 없는 고통에는 모두 어떠한 목적이 있는 것이 분명하지 않을까? 그를 고향으로 데리고 오려는 계획은 어쩌면 실패할지도 모른다. 그 스스로도 이제는 고향 사정에 대해서 통 모르겠다고 말한 바 있으며 그렇기 때문에 그는 아무리 상황이 나빠도 객지에 그대로 머무르려고 할 것이다. 친구들의 충고에 기분이 상해 그들과 이전보다 더 소원해진 채로 말이다. 하지만 그가 친구들의 충고를 받아들여 진짜 고향으로 돌아와 — 물론 다른 의도가 있어서가 아니라 여러 가지 상황에 의해 —

의기소침해져서 친구들과 제대로 어울리지 못하고, 그렇다고 친구들 없이는 잘 지내지도 못하면서 수치심에 시달리게 된다면 정말 고향도 친구도 잃게 될 것이다. 그럴 바엔 예전처럼 타향에 그대로 머물러 지내는 편이 그에게 훨씬 낫지 않을까? 정말 이런 상황이라면 그의 삶이 여기서 실제로 더 나아지리라고 어떻게 장담할 수 있을까?

편지라도 제대로 주고받고 싶었지만 바로 이러한 이유 때문에, 아주 먼 지인에게도 스스럼없이 꺼낼 법한 이야기조차 그에게는 차마 제대로 할 수 없었다. 이 친구가 고향에 들르지 않은 지도 벌써 3년이 넘었다. 그는 러시아의 정치 상황이 너무 불안한 나머지 별 볼 일 없는 장사치인 자신이 잠깐 출국하는 일조차도 허락되지 않는다는 매우 궁색한 변명을 늘어놓았다. 러시아인 수십만 명이 아무렇지도 않게 전 세계를 누비고 있는데도 말이다. 하지만 이 3년 동안 게오르크에게도 많은 변화가 있었다. 2년 전쯤 어머니가 돌아가셨고, 이후로 게오르크는 아버지와 한 살림을 하고 있었다. 이 소식을 전해 들은 친구가 건조한 태도로 편지를 써서 조의를 표현한 적도 있다. 아마 게오르크가 느꼈을 법한 슬픔을 객지에서 상상하기란 어려운 일이었을 것이다. 게오르크는 그 무렵부터 다른 일들을 할 때처럼 죽기 살기로 사업에 매달렸다. 아버지는 어머니가 살아 계셨을 때에는 당신 생각대로만 사업을 밀고 나가려 했기 때문에 게오르크가 소신껏 일하는 데 방해가 되었다. 하지만 어머니가 돌아가신 뒤로 아버지는 여전히 사업에 관여하기는 해도 전보다 덜 나서려 하는 것 같았다. 우연히 찾아온 행운도 큰 몫을 차지했다. — 이쪽의 가능성이 매우 높다. — 어쨌든 이때의 2년 동안 사업은 전혀 뜻밖의 성장을 이루어서, 종업원을 두 배로 늘려야 했고, 매출도 다섯 배나 뛰었다. 앞으로의 전망도 의심의 여지없이 좋았다.

하지만 친구는 게오르크에게 일어난 이런 변화를 전혀 눈치채지 못했다. 전에 마지막으로 보낸 조문 편지에서 그는 러시아로 이민을 오라며 게오르크를 설득하려 했고, 페테르부르크에서 게오르크가 사업체의 대리점을 낼 경우의 전망까지 장황하게 늘어놓았다. 그 수치들은 게오르크가 지금 올리고 있는 매출에 비하면 보잘것없었다. 하지만 그 당시 게오르크는 이 친구에게 자기 사업이 크게 번창하고 있다고 알려 줄 마음이 없었다. 그런데 이제 와서 뒤늦게 그가 그런 말을 한다면 정말 이상하게 보일 것이다.

그래서 언제나 게오르크는 한가한 일요일에 생각에 잠겨 있노라면 기억 속에 이리저리 쌓여 있다가 떠오를 법한, 별 의미 없는 일들만 편지에 잔뜩 써 보냈다. 게오르크의 바람은 친구가 그 긴 시간 동안 고향에 대해 만족스럽게 간직하고 있었을 상상들을 방해하지 말자는 것뿐이었다. 그래서 게오르크는 그사이 뜨문뜨문 보낸 편지에다 별 관계없는 남자가 마찬가지로 별 관계없는 여자와 약혼했다는 소식을 세 번이나 전했고, 그래서 게오르크의 의도와는 정반대로 친구가 이들의 결혼에 관심을 가지게 되는 기이한 일도 벌어졌다.

게오르크는 자신이 한 달 전에 부잣집 처녀 프리다 브란덴펠트와 약혼했다는 사실을 털어놓는 것보다 이런 일에 대해 편지하기를 훨씬 더 좋아했다. 그는 약혼녀에게 이 친구에 대해, 그리고 자신이 이 친구와 나누고 있는 특별한 편지에 대해 자주 이야기했다. 그럴 때면 그녀는 말했다. "그럼 그분은 우리 결혼식에 참석하지 못하겠네요. 그래도 저에게는 당신 친구들 모두를 알고 지낼 권리가 있어요." 게오르크가 대답했다. "그의 마음을 혼란스럽게 하고 싶지 않아. 내 마음을 이해해 줘. 내가 연락을 하면 아마 그는 올 거야. 최소한 나는 그렇게 믿어. 하지만 그렇게 되면 친구는 마지못해 왔다는 것에 마음이 상할지도 몰라. 어쩌면 날 부러워할지도 모르지. 한 가지 분명한 점은 그 친구는 불만을 갖게 될 뿐만 아니라 그 불만은 언제든 털어 버릴 수 있는 게 아니라고 생각하며 다시 외롭게 집으로 돌아갈 거라는 사실이야. 외롭다는 것, 그게 무슨 뜻인지 당신은 알고 있어?" "알지요, 그렇지만 그 친구분이 다른 방법으로 우리 결혼을 알 방법은 없나요?" "그것까지 막을 길은 없겠지. 하지만 그 친구가 사는 방식으로 봐서 그럴 가능성은 없을 거야." "게오르크, 당신 친구들이 그런 사람들이라면, 당신은 아예 약혼 같은 것은 하지 말았어야 했어요." "그래, 그건 우리 둘이 책임질 문제야. 하지만 나는 지금 이 상황을 바꿀 마음이 없어." 그러면서 게오르크가 약혼녀에게 키스를 하자 그녀는 숨을 가쁘게 몰아쉬며, "그래도 너무 속상해요."라고 말했다. 그때 게오르크는 친구에게 모든 일을 다 털어놓아도 아무 일 없으리라 여겼다. 그는 속으로 이렇게 말했다. "나란 인간은 원래 그래. 그도 나를 그렇게 생각할 거야. 나를 있는 그대로의 내가 아닌, 그의 친구가 되기에 더 적합한 인간으로 새로 만들 수는 없지."

그리하여 실제로 게오르크는 이날 일요일 오전에 쓴 장문의 편지에서 자신이 약혼을 하게 되었다는 사실을 다음과 같은 말로 친구에게 알렸다. "가장 기쁜 소식은 마지막까지 아껴 두었지. 프리다 브란덴펠트라는 아가씨와 약혼을 했네. 유복한 집안 아가씨야. 자네가 떠나고 한참 뒤에야 이곳으로 이사를 왔으니 자네는 내 약혼녀를 알 리 없을 거야. 자네에게 내 약혼녀를 자세히 소개할 기회가 또 있을 걸세. 그러니 오늘은 지금 내가 아주 행복하다는 소식으로만 만족하게. 그리고 우리 둘의 관계는 이제 자네가 그저 평범한 친구가 아닌 행복한 친구를 두게 되었다는 점만 빼고 아무것도 변한 게 없다는 사실만 알아주기 바라네. 내 약혼녀는 자네에게 진심으로 안부를 전하고 있고, 또 머지않아 직접 편지도 쓸 걸세. 자네에게 그녀는 좋은 친구가 될 걸세. 자네 같은 총각에게 그렇게 나쁜 일은 아닐 것 같군. 여러 가지로 바빠서 우리 결혼식에 참석하기 어려울 줄 아네만, 그래도 혹시 이 결혼식이 자네의 모든 어려움을 단번에 날려 버릴 절호의 기회가 될 수도 있지 않겠나? 하지만 어찌되었든 간에, 이런저런 생각은 하지 말고 그저 자네 좋을 대로 하게."

이 편지를 손에 들고 게오르크는 창 쪽으로 얼굴을 돌린 채 한참 동안 책상에 앉아 있었다. 아는 남자가 골목을 지나가다가 인사를 했지만 게오르크는 얼빠진 듯 웃을 뿐 제대로 대답도 하지 못했다.

마침내 그는 편지를 호주머니에 찔러 넣고 방을 나와 작은 복도를 가로질러 아버지가 있는 방으로 갔다. 그는 벌써 몇 달째 그 방에 들어가지 않았다. 평소에는 아버지의 방에 들어갈 이유가 없었기 때문이다. 아버지와는 가게에서 계속 얼굴을 볼 수 있었다. 부자(父子)는 점심을 같은 식당에서 함께 먹었고, 저녁은 각자 알아서 먹긴 했지만 두 사람은 게오르크가 예전에 빈번히 그랬듯이 친구들과 어울리거나 요즘처럼 약혼녀를 만나지 않는 한 각자 자기 신문을 들고 거실에서 한동안 함께 앉아 있곤 했다.

게오르크는 오늘처럼 햇볕이 잘 드는 오전에도 아버지의 방이 그토록 어둡다는 사실에 깜짝 놀랐다. 좁은 마당 저편에 높이 솟아 있는 담장이 어두운 그늘을 드리우고 있었다. 아버지는 천국으로 간 어머니와의 추억이 담긴 물건들로 즐비한 창가 구석에 앉아서 신문을 읽고 있었다. 아버지는 시력이 나빠 흐릿하게 보이는 글씨를 조금이나마 잘 보려고 눈앞에다 신문을 비스듬히 잡고 보았다. 탁자에는 먹다 남은 아침이 놓여 있는데, 많이 먹은 것 같지는 않았다.

"아, 게오르크구나." 아버지는 얼른 일어나 그를 맞았다. 걸음을 옮길 때마다 아버지의 무거운 잠옷 앞자락이 벌어지면서 펄럭였다. 게오르크는 "우리 아버지는 여전히 거인이구나."라고 중얼거렸다.

"여긴 정말 어둡네요." 게오르크가 말했다.

"그래, 좀 어둡긴 하지." 아버지가 대답했다.

"창문도 닫으신 거예요?"

"그게 더 좋아."

"오늘 바깥 날씨가 아주 따뜻해요." 게오르크는 조금 전에 했던 말에 덧붙여 설명하려는 듯이 이렇게 말하면서 자리에 앉았다.

아버지는 그릇을 치워 찬장에 놓았다.

"실은 아버지께 말씀드리고 싶은 게 있었어요." 노인의 거동을 멍한 눈으로 좇으며 게오르크는 계속 말을 이었다. "이제 페테르부르크에다 제 약혼 소식을 알리려고요." 그는 주머니에서 슬쩍 편지를 꺼냈다가 다시 집어넣었다.

"페테르부르크에는 왜?" 아버지가 물었다.

"친구가 살거든요." 하며 게오르크는 아버지를 바라보았다. 그러면서 '가게에서와는 전혀 다른 모습이네.'라고 생각했다. '여기서는 두 다리를 쭉 벌리고 팔짱까지 끼고 앉아 계시잖아.'

"그래, 네 친구." 아버지는 강조하듯 말했다.

"아시잖아요, 아버지. 처음에는 그 친구에게 제 약혼 사실을 숨기려 한 것 말이에요. 별다른 이유가 있어서가 아니라 그를 배려해서 그런 거였어요. 아버지도 아시다시피 그 친구는 까다로운 사람이잖아요. 혼자서 생각했지요. 다른 데서 제 약혼 소식을 들을지도 모르겠다고요. 물론 외톨이로 살고 있는 그에게 그럴 가능성은 아마 거의 없을 것 같지만 말이에요. ─ 그것까지 제가 막을 수는 없지요. ─ 어쨌든 제가 직접 그에게 약혼한 사실을 알리고 싶지는 않았거든요."

"그런데 이제 생각이 바뀌었다는 거냐?" 아버지는 이렇게 물으면서 큰 신문을 창턱에 놓더니 그 위에다 안경을 올려놓고는 손으로 덮었다.

"네, 지금 다시 생각했어요. 그가 좋은 친구라면 저의 행복한 약혼이 그에게도 행복이 될 거라고 말이에요. 그래서 그에게 제 약혼 소식을 전하는 것을 망설이지 않게 되었어요. 그래도 편지를 부치기 전에 아버지께 말씀을 드리려고요."

"게오르크," 아버지는 이가 빠진 입을 크게 벌렸다. "들어 봐! 이 문제를 의논하려고 나에게 왔다는 거지. 그건 진짜 잘한 일이다. 하지만 지금 네가 내게 진실을 모두 털어놓지 않는다면, 그건 아무것도 아니다. 그보다 더 나쁜 일도 없을 거란 말이다. 나는 이 문제와 관계없는 일까지 들출 생각은 없다. 네 엄마가 세상을 버린 다음부터 계속 불미스러운 일이 일어나는구나. 아마 그런 일이 벌어질 때가 된 것 같기도 하고, 우리 생각보다 더 빨리 그런 때가 온 것 같기도 하구나. 가게에서 내가 모르고 지나가는 일들이 많아졌어. 의도적으로 나를 속이겠느냐마는 ─ 내게 숨기는 게 있다고 가정하고 싶지도 않다. ─ 하여간 나는 이제 기력이 달리고 기억력도 더 이상 예전 같지 않아. 이제 숱한 일을 일일이 다 챙기지는 못할 것 같구나. 첫째는 자연의 순리 탓이고, 둘째로는 네 어머니의 죽음이 너보다는 나에게 더 큰 낙담을 안겼기 때문이지. 우리가 지금 이 문제, 그러니까 편지 문제를 논의하고 있으니까 말인데, 게오르크, 제발 내게 감추지는 마라. 이건 사소한 문제고, 언급할 만한 가치도 없는 일이잖니. 그러니 나를 속일 생각은 하지 말거라. 너 정말 페테르부르크에 그런 친구가 있긴 한 거냐?"

게오르크는 당황한 표정으로 일어났다. "친구 이야기는 이제 그만두죠. 친구 수천 명을 준대도 아버지와 바꿀 수는 없어요. 지금 제가 무슨 생각을 하고 있는지 아세요? 아버지는 몸을 제대로 돌보지 않으시죠. 하지만 나이가 들면 당연히 건강을 챙겨야 해요. 아버지는 우리 사업에서 제게 없어서는 안 될 분이에요. 그건 아버지도 잘 아시잖아요. 하지만 만일 사업이 아버지의 건강을 해친다면, 저는 내일이라도 당장 가게 문을 영원히 닫을 거예요. 그건 안 될 일이지요. 그럴 경우 우리는 아버지를 위해서라도 다른 생활 방식을 알아봐야겠지요. 그것도 아주 철저하게 다른 방법으로 말이에요. 아버지는 늘 여기 이 어두침침한 방에만 계시죠. 당장 거실에만 나가도 햇볕이 많이 드는데도요. 게다가 아침을 거의 드시지 않는데, 건강을 위해서 제대로 드셔야 해요. 창문을 꼭 닫고 계시지만 신선한 공기가 아버지 건강에도 좋을 거예요. 아니에요, 아버지. 제가 의사 선생님을 모시고 올 테니 의사의 처방을 따르죠. 방도 바꾸는 게 어때요. 아버지가 앞쪽 방으로 옮기시고, 제가 이리로 들어올게요. 그렇다고 해도 아버지에게는 바뀌는 게 하나도 없을 거예요. 아버지 물건을 전부 다 같이 옮길 테니까요. 하지만 이 모든 것을 하려면 시간이 좀 필요하니까 우선 당장은 침대에 좀 누우세요. 아버지에게는 무조건 휴식이 필요해요. 자, 옷 벗는 것을 도와 드릴게요. 보세요, 저는 할 수 있어요. 아니면 지금 바로 방을 옮기시겠어요? 그러면 우선 잠시 제 침대에 누워 계세요. 그러는 편이 좋을 것 같네요."

게오르크는 백발이 뒤엉킨 머리를 가슴 쪽으로 떨군 아버지 곁에 섰다.

"게오르크야." 아버지는 미동도 않고 그를 나직하게 불렀다.

게오르크는 얼른 꿇어앉았다. 아버지의 지친 얼굴 위로 눈 가장자리까지 가득 찰 정도로 커다래진 눈동자가 게오르크를 노려보고 있었다.

"너는 페테르부르크에 친구가 없잖아. 언제나 농담꾼이더니 이제 내게도 농담을 하는구나. 어떻게 페테르부르크에 네 친구가 있다는 말이냐! 도무지 믿을 수 없구나."

"다시 한번 생각해 보세요, 아버지." 게오르크는 안락의자에 앉은 아버지를 일으켜 세우고, 그야말로 힘없이 서 있는 아버지의 잠옷을 벗겼다. "곧 그 일이 있은 지 3년이 되네요. 그 무렵 제 친구가 우리 집에 놀러 왔잖아요. 저는 지금도 정확히 기억하고 있는걸요. 아버지는 그 친구를 별로 탐탁지 않게 여기셨죠. 그래서 그 친구가 제 방에 있었는데도 아버지께는 아무도 없다고 거짓말한 적이 최소한 두 번쯤은 돼요. 저는 아버지가 왜 그 친구를 싫어하는지 충분히 이해할 수 있었어요. 제 친구는 아주 별난 놈이었으니까요. 하지만 아버지는 나중에 그와 격의 없이 이야기도 나누셨어요. 저는 그때 아버지가 그의 말에 귀를 기울이고 고개도 끄덕이며 질문까지 하시는 모습이 너무 자랑스러웠는걸요. 잘 생각해 보시면 분명 기억이 날 거예요. 그 친구는 그때 러시아 혁명에 관련된 도저히 믿을 수 없는 이야기를 했어요. 예를 들면 그가 키예프 출장 중에 본 일인데, 폭동이 일어나자 한 성직자가 발코니에 올라가 손바닥에 넓게 피의 십자가를 새기고, 그 손을 높이 들고서는 군중에게 호소했다는 이야기 말이에요. 아버지도 이따금씩 여기저기에 이 이야기를 되풀이하셨잖아요."

이렇게 말하면서 게오르크는 아버지를 다시 의자에 앉히고 리넨 속옷 위에 입고 있던 내의와 양말을 조심스럽게 벗겼다. 그는 별로 깨끗하지 않은 아버지의 속옷을 보며 그간 아버지에게 너무 무관심했다고 자책했다. 아버지의 속옷을 챙기는 것은 분명 그가 당연히 해야 할 일 같았다. 게오르크는 앞으로 아버지를 어떻게 모실지에 대해 아직 약혼녀와 명확하게 의논한 적이 없었다. 두 사람은 결혼 후 아버지가 옛날 집에서 혼자 살 거라고 암암리에 전제하고 있었기 때문이다. 하지만 이제 그는 결혼을 해도 아버지를 모시고 살아야겠다는 결심을 굳혔다. 잘 생각해 보면, 새로 꾸린 가정에서 아버지를 돌본다는 것도 너무 늦은 일 같았다.

그는 아버지를 두 팔로 안아 침대로 옮겼다. 침대를 향해 몇 걸음 걸어가는 사이 그는 아버지가 자기 가슴께에 늘어진 시곗줄로 장난을 치는 모습에 기겁하고 말았다. 아버지를 곧바로 침대에 누일 수도 없었는데, 그만큼 아버지가 시곗줄을 꼭 붙잡고 있었기 때문이었다.

하지만 아버지는 침대에 눕자마자 모든 게 괜찮아진 것 같았다. 손수 이불을 어깨 너머로 끌어 올려 덮기까지 했다. 게오르크를 사납게 쳐다보지도 않았다.

"이제 그 친구 기억나시죠, 그렇죠?" 게오르크는 대답을 부추기듯 아버지에게 고개를 끄덕여 보였다.

"이불은 잘 덮였느냐?" 두 발까지 잘 덮였는지 보이지 않는다는 듯 아버지가 이렇게 물었다.

"침대에 누우시니 좋으세요?"라고 말하면서 게오르크는 아버지의 이불을 잘 여며 주었다.

"잘 덮였느냐?" 아버지는 또 한 번 물으면서 대답에 각별한 주의를 기울이는 것 같았다.

"안심하세요, 이불은 잘 덮였어요."

"아니다!" 아버지는 게오르크가 질문에 대답을 다 하기도 전에 이렇게 소리를 지르면서, 이불을 힘껏 걷어 젖히고는 침대에서 꼿꼿이 일어났다. 그 힘에 이불이 한순간에 활짝 펼쳐져 날아갔다. 아버지는 한쪽 손을 천장에 가볍게 대고 있었다. "네가 나를 덮으려 한다는 걸 안다, 이놈

아. 하지만 난 아직 덮이지 않았어. 그리고 이게 내게 남은 마지막 힘이라 해도 너 하나 상대하기엔 충분해, 아니 상대하고도 남지. 네 친구는 나도 잘 알아. 그 친구가 내 마음의 아들일지도 모르겠다. 네가 오랫동안 그를 속인 이유가 바로 이것 때문이 아니냐. 그게 아니면 무엇 때문이겠어? 너는 내가 그 애를 위해 눈물을 흘린 적이 없었다고 생각하니? 네가 사무실에 틀어박힌 것도 다 그 때문이지. 사장이 바쁘니 아무도 방해해서는 안 된다는 말은 네가 러시아로 거짓 편지를 쓰기 위해 만든 핑계 아니냔 말이다. 하지만 다행히도 이 세상 아버지들은 배우지 않고도 아들들의 속마음을 꿰뚫을 줄 알지. 너는 네가 그 애를 이겼다고 생각했지. 네 엉덩이로 깔고 앉아도 꼼짝 못 할 정도로 그를 굴복시켰다고 말이야. 그리고 나서 잘난 내 아들께서는 결혼을 결심하셨지."

게오르크는 아버지의 섬뜩한 모습을 쳐다보았다. 아버지가 느닷없이 잘 안다고 하는 페테르부르크의 그 친구가 전에 없이 게오르크의 마음을 흔들어 놓았다. 그는 먼 러시아 땅에서 모든 것을 잃어버린 친구의 모습을 떠올렸다. 폭도들의 손에 다 털려 텅 빈 가게 문에 기댄 친구의 모습이 보였다. 그는 부서진 진열대와 갈기갈기 찢어진 물건들, 그리고 무너져 내린 가스등 받침 사이에 서 있었다. 왜 그는 그토록 멀리 떠나야 했었던가!

"그렇지만 나를 좀 봐라!" 아버지의 외침에 게오르크는 모든 것을 움켜쥐기라도 하려는 듯 넋이 나간 사람처럼 침대로 달려가다가 그만 중간에 걸음을 멈추었다.

"그 여자가 치마를 추켜올렸기 때문이야." 아버지는 피리 소리 같은 목소리로 말했다. "그 역겹고 멍청한 년이 치마를 이렇게 들어 올렸기 때문에,"라고 말하며 상황을 묘사하느라 아버지가 속옷을 높이 쳐들자, 전쟁

때 입은 허벅지의 상처 자국이 드러났다. "그년이 치마를 이렇게, 이렇게 쳐들었기 때문에 네가 그년한테 달려간 게고, 너는 아무런 방해도 받지 않고 그년에게서 욕심을 채우려고 네 어미에 대한 기억을 욕보이고, 친구를 배반하고, 나를 옴짝달싹 못 하게 침대에 처박아 놓기까지 한 거야. 하지만 애비가 꼼짝도 못하는지 어디 한번 보겠느냐?"

아버지는 아무것도 붙잡지 않고서 완벽하게 일어서더니 다리를 이리저리 내둘렀다. 자신의 통찰에 만족한 듯 얼굴에는 웃음이 번득였다.

게오르크는 아버지에게서 가능한 멀리 떨어지려고 방 한쪽 구석에 서 있었다. 오래전에 그는 어떤 우회로로든, 뒤에서든 또는 위에서든 불의의 습격을 당하지 않도록 모든 것을 면밀히 관찰하리라 결심했었다. 이제 그는 기억 속에서 사라졌던 결심을 되살려 냈지만, 마치 짧은 실 한 가닥이 바늘귀를 통과하듯이 이내 그 결심을 다시 잊어버렸다.

"하지만 그 친구는 이제 배신당하지 않을 거야!" 아버지는 이렇게 외치면서 마치 이 말을 강조하기라도 하려는 듯이 집게손가락을 까닥까닥 흔들었다. "내가 여기서 그 친구의 대리인이거든."

"무슨 코미디 같은 말씀이에요!" 게오르크는 소리를 지르고 말았다. 그러나 곧바로 지금 상황에서는 이 말이 백해무익할 뿐이라는 것을 알아차리고 ─ 두 눈은 뻣뻣하게 굳은 채 ─ 혀를 깨물었다. 너무 아파 허리가 구부러질 지경이었으나, 이미 때는 늦었다.

"그래, 물론 내가 코미디 같은 짓을 하긴 했지! 코미디 말이야! 말은 참 잘했다. 늙어서 홀아비가 된 내게 무슨 다른 위안거리가 있겠니? 말해 봐라, ─ 대답하는 그 순간만은 살아 있는 내 아들이기를 바란다. ─ 배신한 직원들 손에 쫓겨나 뒷방 늙은이 취급당하며 뼛속까지 쇠약해진 내게 무엇이 남았겠니? 그런데 아들이란 놈은 신이 나서 세상천지로 나돌고, 그전에 내가 준비해 두었던 사업들은 접고 노는 데 정신이 팔려 있으면서도 제 아비 면전에서는 신사 같은 표정을 지으며 슬슬 피해 다녔지. 내가, 너를 낳은 내가 너를 사랑하지 않는다고 생각하느냐?"

'이제 몸을 앞으로 굽히겠지.' 게오르크는 생각했다. '제발 확 꼬꾸라져 산산조각 났으면!' 이 말이 그의 머릿속을 가득 채우며 윙윙 맴돌았다.

아버지는 몸을 앞으로 굽히긴 했지만 쓰러지지는 않았다. 게오르크가 다가가지 않자 예상대로 아버지는 몸을 다시 일으켰다.

"그 자리에 그냥 있어. 나는 네가 필요 없어. 너는 지금 이쪽으로 다가올 힘은 있지만 그럴 의지가 없어서 그대로 있는 거라 생각하겠지만, 착각하지 마라. 아직은 내가 너보다 훨씬 더 강하다. 나 혼자라면 아마 내가 순순히 물러났겠지만, 네 어미가 나한테 힘을 주었다. 나는 네 친구와도 동맹을 맺고 있고, 네 단골 명단도 여기 내 주머니에 있지."

'잠옷에도 주머니가 있다니!' 게오르크는 속으로 이렇게 말을 하며, 이 말 한마디로 자기가 아버지를 이 세상에 존재할 수 없도록 만들 수 있다고 생각했다. 하지만 이런 생각도 한순간뿐이었다. 그는 연달아 모든 것을 잊어버렸기 때문이다.

"약혼녀 팔짱을 끼고 오기만 해봐라. 그 여자를 네 옆에서 싹 쓸어버릴 테니까. 내가 무슨 짓을 할지 넌 짐작도 못할 거다!"

게오르크는 믿지 못하겠다는 표시로 인상을 찌푸렸다. 아버지는 자신의 말이 진실임을 확인시키려는 듯이 구석에 서 있는 게오르크를 향해 고개를 끄덕였다.

"오늘 네가 네 친구한테 약혼을 알리는 편지를 써야 할지 물었을 때 내가 속으로 얼마나 웃었는지 모른다. 그 애는 이미 다 알고 있다, 이 어리석은 놈아! 다 알고 있단 말이다! 네가 내게서 필기도구를 뺏는 것을 잊어버린 덕분에 내가 편지를 썼지. 그래서 그 애가 몇 년째 찾아오지 않는 거야. 그 애는 모든 일에 대해 너 자신보다 수백 배는 더 잘 알고 있어. 그 애는 내 편지는 오른손으로 들고 읽겠지만, 네가 보낸 편지는 읽지도 않고 왼손으로 구겨 버릴 거야."

아버지는 너무 흥분한 나머지 팔을 머리 위로 흔들었다. 그러면서 "그 애가 모든 것을 수천 배나 더 잘 알고 있어!"라고 소리쳤다.

"수만 배겠지요!" 게오르크는 아버지의 말을 비웃기 위해 이렇게 말했지만, 이 말은 그의 입안에서 아주 심각한 어조로 울렸다.

"나는 몇 해 전부터 네가 이 문제를 들고 오기를 기다리고 있었다. 이것 말고 내가 신경 써야 할 일이 무엇이 있겠니? 넌 내가 신문을 본다고 생각하니? 저기 있구나!" 그러면서 아버지는 어쩌다 침대 속에 깔려 들어갔는지 알 수 없는 신문지 한 장을 게오르크에게 던졌다. 게오르크는 이름조차 모르는 오래된 신문이었다.

"철이 들기까지 너는 얼마나 꾸물거렸느냐! 네 엄마는 살아생전에도 기쁜 날들을 거의 누리지 못하고 세상을 떠나야 했지. 네 친구는 러시아에서 쫄딱 망하고 있고. 이미 3년 전에 그 친구는 버려진 사람처럼 얼굴이 누렇게 떠 있었지. 그리고 나, 내 형편이 지금 어떤지는 너도 알고 있잖아. 그런 걸 보라고 눈이 달렸을 테니!"

"그러니까 아버지는 저를 감시하고 계셨군요!" 게오르크가 소리쳤다.

아버지는 연민 어린 표정을 지으며 지나가는 말처럼 중얼거렸다. "너는 아마 그 말을 진작부터 하고 싶었겠지. 하지만 지금 상황에서는 적절하지 않은 말이야."

그러고는 더 큰 소리로 말했다. "이제 너는 너 말고도 세상에 뭐가 있는지 알았겠지. 여태까지 너는 너 자신밖에 몰랐다. 너는 원래 순진한 아이였어. 하지만 더 근본적으로는 악마 같은 인간이었지. — 그러니 이것만은 알아라, 내가 너에게 물에 빠져 죽을 것을 선고하노라!"

게오르크는 방 밖으로 내몰린 느낌이었다. 방에서 나왔을 때 그의 등 뒤에서 아버지가 침대로 자빠지며 내는 쿵 소리가 귓가에 계속 들려왔다. 게오르크는 마치 경사면을 미끄러지듯 급히 층계를 뛰어 내려가다가 아침 청소를 하러 올라오는 하녀와 맞닥뜨렸다. "아이고, 깜짝이야!"라고 소리치며 하녀는 앞치마로 얼굴을 가렸지만 게오르크는 이미 사라진 뒤였다. 그는 무언가에 내몰린 듯 대문 밖으로 튕겨 나와 차도를 넘어 강가로 달려갔다. 그리고 굶주린 사람이 먹을 것을 움켜잡듯이 난간을 꼭 붙잡았다. 그는 소년 시절 아버지의 자랑거리였던 훌륭한 체조 솜씨로 난간을 붙잡고, 철봉을 하듯이 몸을 위로 날렸다. 여전히 난간을 붙들고 있었지만 양손에서 힘이 점점 빠지고 있었다. 그는 난간 사이로 버스가 오기만을 기다리고 있었다. 그 버스는 게오르크가 강물로 떨어지는 소리를 가볍게 묻을 것이다. 그는 낮은 소리로 외쳤다. "부모님, 그래도 저는 언제나 당신들을 사랑했습니다." 그리고 그는 몸을 아래로 던졌다.

그 순간 수많은 자동차 행렬이 끊임없이 다리 위를 지나가고 있었다.

변 신

Die Verwandlung

 변 신

Als Gregor Samsa
eines Morgens aus unruhigen Träumen erwachte,
fand er sich in seinem Bett
zu einem ungeheueren Ungeziefer verwandelt.

I

어느 날 아침 불안한 꿈에서 깨어났을 때, 그레고르 잠자는 침대 속에서 자신이 흉측한 해충으로 변해 있음을 깨달았다. 그는 갑옷처럼 단단한 등을 대고 누워 있었는데, 머리를 약간 들어 보니 배가 활 모양의 딱딱한 갈색 마디들로 갈라져 불룩하게 솟아 있었다. 이불은 금방이라도 미끄러져 내릴 것처럼 배 위에 간신히 걸쳐져 있었다. 몸뚱이에 비해 가여울 정도로 가느다란 다리 여러 개가 눈앞에서 무기력하게 떨고 있었다.

'대체 이게 무슨 일이야?' 그는 이렇게 생각했다. 꿈은 아니었다. 작지만 사람이 거처하기에 알맞게 잘 정돈된 방, 바로 자신의 방이 친숙한 네 개의 벽에 조용히 둘러싸여 있었다. 포장이 풀러진 원단 견본 묶음을 펼쳐 놓은 — 잠자는 외판 사원이었다. — 책상 위에는 자신이 얼마 전 화보에서 오려 예쁘장한 금박 액자에 넣어 둔 그림이 걸려 있었다. 그림 속에는 한 여자가 모피 모자와 모피 목도리를 걸치고 꼿꼿한 자세로 앉아서, 양팔을 온통 감싸고 있는 도톰한 모피 토시를 보는 이를 향해 치켜들고 있었다.

이어 그레고르는 시선을 창가로 옮겼다. 빗방울이 창문의 얇은 철판을 때리는 소리가 들렸다. 스산한 날씨가 그의 마음을 더 우울하게 만들었다. 그는 '조금만 더 자고 난 다음에 말도 안 되는 이 모든 일들을 다 잊어버렸으면 좋겠는데.'라고 생각했다. 하지만 그런 소망은 실현될 수 없었다. 그레고르는 오른쪽으로 돌아누워 자는 버릇이 있었는데, 현재 처지로는 그런 자세를 취할 수 없었기 때문이다. 온 힘을 다해 오른쪽으로 간신히 방향을 틀어 보았지만 그때마다 그의 몸은 마구 기우뚱거리며 등을 대고 누운 자세로 다시 돌아갈 뿐이었다. 그는 그렇게 수백 번이나 발버둥을 치면서도 허우적대는 다리를 보지 않으려고 눈을 감았다. 그러다가 지금까지 느껴 보지 못한, 가볍지만 다소 둔한 통증을 느끼고서야 그 발버둥을 멈추었다.

'이런,' 그는 생각했다. '하필 왜 이렇게 힘든 직업을 선택했을까! 매일 출장이라니. 원래부터가 본사 근무보다 스트레스도 훨씬 심한 일인 데다가, 출장 때문에 신경 쓸 일까지 과중되니 말이야. 제시간에 맞춰 기차를 연이어 타야 하고, 식사는 불규칙적이고 형편없지. 매번 바뀌어서 결코 지속될 수 없으며 진심으로 마음을 나눌 수 없는 인간관계까지. 차라리 악마란 놈이 이 모든 걸 갖고 가버렸으면 좋으련만!' 그는 배 위쪽으로 살짝 가려움을 느꼈다. 등을 천천히 움직여 침대 다리 쪽으로 몸을 밀고 나니 머리를 약간 들어 올릴 수 있었다. 가려운 부위를 찾아보니 새하얀 점이 수두룩했다. 그레고르로서는 그게 무엇인지 판단할 수 없었다. 한쪽 발로 그곳을 긁으려 했다가 금방 발을 거둬들이고 말았다. 스치기만 했는데도 서늘한 느낌이 온몸에 퍼졌기 때문이다.

그는 다시 이전 자세로 미끄러졌다. '항상 일찍 일어나니,' 그는 이렇게 생각했다. '이렇게 멍청해지지. 사람은 잠을 자야 돼. 다른 외판 사원들은 하렘의 여인들처럼 사는데 말이야. 가령 내가 오전 내내 힘들게 얻은 주문서를 보내려고 숙소로 돌아오면 그 인간들은 그제야 아침 식사를 하고 있거든. 내가 우리 사장이 보는 앞에서 그랬다가는 당장 해고당할 일이지. 차라리 내 입장에선 그 편이 더 나을지 누가 알겠어. 부모님 때문에 내가 참고 있지만 그 이유만 아니라면 진작 사표를 던지고 사장 앞에 당당히 서서 그동안 속에 담고 있던 말들을 모조리 쏟아 냈을 거야. 그러면 사장은 책상에서 나자빠지고 말걸. 책상에 걸터앉아 높은 데서 직원들을 깔보며 말하는 그 꼬라지는 참 유별나기도 하지. 게다가 사장은 귀가 어두워서 아주 가까이 다가가서 말을 해야 하거든. 그나저나 아직 희망을 포기할 때는 아니지. 언젠가 부모님이 그 인간에게 진 빚을 갚을 만큼 돈을 모으기만 하면, — 물론 아직 5, 6년은 더 걸리겠지만 — 무조건 그렇게 하고 말 거야. 그렇게 되면 내 인생의 큰 전기(轉機)가 되겠지. 그러려면 일단 일어나야 해. 기차가 5시에 출발하니까.'

그는 옷장 위에서 재깍재깍 소리를 내고 있는 자명종을 올려다보았다. '맙소사!' 그는 속으로 이렇게 생각했다. 벌써 6시 30분이었다. 게다가 시곗바늘은 조용히 앞으로 움직여 30분을 지나 어느덧 45분에 가까워지고 있었다. 어째서 자명종이 울리지 않았을까? 침대에서 봐도 시계는 정확히 4시에 울도록 맞춰져 있었다. 시계가 울린 건 분명했다. 그런데 어떻게 방 안에 있는 가구가 흔들릴 정도의 소리에도 편하게 잠을 잘 수 있었단 말인가? 물론 그렇게 편안한 잠을 잤을 리는 만무하지만 그래도 곯아떨어지기는 했나 보군. 그런데 이제 어떻게 해야 하나? 다음 기차는 7시에 출발하고 그 시간에 맞추려면 정신없이 서둘러야 하건만, 견본은 아직 포장도 못 했고 기분이 완전히 상쾌한 느낌도 아닌 데다가 몸은 움직일 수도 없을 것 같다. 그 기차를 타고 간다 하더라도 사장의 호된 질책을 피할 길은 없을 것이다. 사장 비서가 5시 출발 기차를 기다리고 있다가 그의 직무 태만을 진작 일러바쳤을 테니까 말이다. 그 작자야말로 줏대나 이해심이라곤 없는 사장의 끄나풀 아니던가. 그렇다면 몸이 아팠다고 둘러대면 어떨까? 하지만 그건 대단히 궁색하고 의심을 살 만한 변명일 뿐이다. 그레고르는 지난 5년간 근무하면서 단 한 차례도 아팠던 적이 없었기 때문이다. 사장은 의료 보험 회사에서 보낸 의사를 데리고 와서 게으른 아들을 두었다고 부모님께 비난을 퍼붓고, 이 의사의 진단을 빌미로 다른 모든 항변을 잘라 버릴 게 뻔했다. 그 의사는 이 세상에는 아주 건강하지만 일하기 싫어하는 사람들만 있을 뿐이라고 생각하는 인간이었다. 물론 이 상황에서 그 의사가 아주 틀렸다고 볼 수는 없다. 사실 그레고르는 오래 잠을 자고 일어나면 정말 쓸데없이 졸린 것만 빼고는 항상 아주 건강한 편이었고 게다가 지금은 유달리 왕성한 식욕을 느끼기까지 했다.

그가 잠자리에서 일어나야겠다는 결심을 굳히지 못한 채 아주 빠른 속도로 이런 생각들을 하고 있는 동안, — 그때 마침 시계가 6시 45분을 알렸다. — 베갯머리 쪽 문에서 조심스럽게 두드리는 소리가 들렸다. "그레고르야." 하며 부르는 소리였다. ― 어머니였다. ― "벌써 6시 45분인데, 출근하지 않아도 되는 거니?" 부드러운 목소리였다. 그레고르는 대답하는 자신의 목소리를 듣고 깜짝 놀랐다. 분명 예전의 자기 목소리였지만 저 깊은 곳에서부터 울려 나오는 듯한, 억누를 수 없고 고통스럽게 끽끽대는 소리가 그대로 뒤섞여 있었다. 결국 그의 말들은 처음에만 분명히 들릴 뿐 나중에는 뒤울림 때문에 제대로 알아들을 수 있을지 모를 정도로 흩어져 버렸다. 그레고르는 일일이 대답하고 모든 걸 설명하고 싶지만, 이 상황에서는 그저 "예, 예, 어머니. 고마워요, 곧 일어나겠습니다."라는 말밖에 할 수 없었다. 나무로 된 문이라 밖에서는 그레고르의 목소리가 변했다는 것을 아마 알아차리지 못한 듯했다. 어머니가 이 설명만으로 마음을 놓고 신발을 끌면서 가버렸으니 말이다. 그러나 이 짧은 대화 때문에 뜻밖에도 그레고르가 아직 집에 있다는 사실을 다른 식구들이 알게 되었고, 곧 아버지가 옆문을 두드렸다. 비록 약하지만 주먹으로 두드린 것이었다. "그레고르, 그레고르, 어떻게 된 거니?" 아버지가 소리쳤다. 그리고 잠시 후 더 나지막한 소리로 재촉했다. "그레고르, 그레고르야!" 맞은편 문에서는 여동생이 하소연하듯 조용히 말했다. "그레고르 오빠, 어디 아파? 뭐 필요한 거라도 있어?" 양쪽 문에다 대고 그레고르는 대답했다. "준비는 다 했어요." 그는 소리를 낼 때 최대한 조심하고 한 마디 한 마디를 띄엄띄엄 끊어 말하면서 식구들이 자기 목소리에서 이상한 낌새를 눈치채지 못하도록 신경 썼다. 아버지는 식탁으로 돌아갔지만 여동생은 다시 속삭였다. "오빠, 문 좀 열어 봐, 제발." 하지만 그레고르는 문을 열 생각이 전혀 없었고, 오히려 출장을 자주 다닌 덕분에 집에서도 밤중에 문을 잠그고 자는 신중한 습관이 몸에 밴 것을 다행으로 여겼다.

무엇보다 그는 누구의 방해도 받지 않고 조용히 일어나 옷을 입고 아침 식사를 하고 싶었다. 이후 일은 그다음에 생각해 보리라. 지금처럼 침대에 누워 있는 상태에서는 아무리 생각을 해도 이성적인 결론을 내리지 못하리라는 것을 잘 알고 있었기 때문이다. 생각해 보니, 침대에서 불편한 자세로 누워 있는 바람에 생긴 것 같은 가벼운 통증을 느끼다가도 일어나 보면 그저 착각이었던 경험이 예전에도 종종 있었다. 그러자 오늘 아침에 한 공상들이 어떻게 서서히 떨어져 나갈지가 궁금해졌다. 목소리가 변한 것도, 외판 사원이라면 직업병처럼 으레 겪기 마련인 심한 감기의 징조일 뿐이라고 여기면서 그는 그 생각을 추호도 의심치 않았다.

이불을 걷어 내는 일은 아주 쉬웠다. 숨을 쉬어 몸을 약간 부풀리자 저절로 떨어졌다. 그렇지만 그다음 과정이 힘들었다. 특히 이상할 정도로 옆으로 퍼져 있는 그의 몸이 문제였다. 몸을 제대로 일으키려면 팔과 손이 필요한데 다리만 여러 개 달려 있을 뿐이었고, 그것들조차도 제각각 다른 방향으로 쉴 새 없이 버둥대고 있었다. 게다가 마음대로 통제할 수도 없는 상태였다. 일단 다리 하나를 구부려 볼까 했더니 도리어 쭉 펴지고 말았다. 마침내 간신히 그 다리로 원하는 자세를 취하게 되었지만 그사이 다른 다리들이 마치 족쇄에서 풀려난 듯, 그러나 아주 고통스럽게 흥분해서 버둥거리고 있었다. "아무 일도 안 하고 이렇게 침대에 누워만 있어서는 안 돼." 그레고르는 이렇게 다짐했다.

일단 그는 하반신을 침대 밖으로 밀어내고 싶었다. 하지만 전혀 보이지 않아 대체 어떤 모습인지 상상조차 할 수 없는 이 하반신을 움직이는 것은 무척 힘든 일이었다. 그레고르는 아주 천천히 움직였다. 그리고 거의 미친 듯이 있는 힘을 다해, 앞뒤 따질 새 없이 몸을 앞쪽으로 밀어 보았지만 그만 방향을 잘못 잡아 침대 다리 아랫부분에 심하게 부딪치고 말았다. 불이 붙은 듯한 통증을 느끼고서야 그는 지금 이 몸에서 가장 민감한 부분이 바로 하반신이라는 사실을 깨달았다.

그래서 그는 상반신부터 먼저 침대에서 빼내려고 머리를 침대 모서리 쪽으로 조심스럽게 돌렸다. 그 동작은 쉬웠다. 넓적하고 무거운 몸이었지만 머리가 돌아가는 방향에 맞춰 그 육중한 것이 서서히 따라 돌아갔다. 하지만 막상 머리가 침대 밖 허공에 뜨게 되자, 앞으로 나아가는 것이 겁이 났다. 이러다 침대에서 떨어진다면 기적이 일어나지 않는 한 머리를 다칠 것이 뻔했기 때문이다. 어떤 일이 있더라도 의식을 잃어서는 안 되었다. 그는 차라리 침대에 있는 편이 더 낫겠다고 결론 내렸다.

다시 같은 힘을 들인 끝에, 그는 조금 전과 같이 등을 댄 자세로 누워 한숨을 내쉬었다. 그리고 재차 그의 여러 다리들이 한층 더 화를 내며 서로 싸우는 모습을 바라보았다. 그러다 지금처럼 모든 발들이 제멋대로 놀고 있는 상태로는 안정과 질서를 얻을 가능성이 없다는 생각이 들자, 그는 침대에 마냥 누워 있을 수는 없으니 여기를 벗어날 희망이 조금이라도 있다면 이를 위해 모든 것을 거는 게 가장 합리적이라고 생각했다. 그러면서 절망감 속에서 무턱대고 결심하기보다는 신중하게 생각하는 편이 더 낫다는 사실도 중간중간 잊지 않고 떠올렸다. 그런 순간이면 한껏 날카로운 시선으로 창문을 바라보았으나, 안타깝게도 좁은 길의 건너편조차 보이지 않을 정도로 짙게 낀 아침 안개만으로는 그 어떤 확신이나 유쾌함을 얻을 수 없었다. "벌써 7시네." 자명종이 다시 울리자 그는 이렇게 중얼거렸다. "7시나 되었는데 아직도 안개가 저렇게 끼어 있다니." 나지막하게 숨을 쉬면서 한동안 그는 조용히 누워 있었다. 마치 이 완전한 정적 속에서 현실적이고 정상적인 상태로 되돌아갈 것을 기대하기라도 하듯이 말이다.

하지만 곧 그는 이렇게 중얼거렸다. "7시 15분 전에는 무조건 침대를 벗어나야 해. 그 시간이 되면 어찌된 일인지 알아보러 회사에서 누군가가 오게 될 거야. 회사는 7시 전에 문을 여니까 말이야." 그는 자기 몸통 전체를 큰대자로 쫙 펴 완벽하게 균형을 잡은 상태에서 그네를 타듯 몸을 이리저리 흔들며 침대 밖으로 떨어질 생각을 했다. 이렇게 하면서 잽싸게 머리를 번쩍 치켜들 작정이었기 때문에 크게 다치지는 않을 것 같았다. 등은 딱딱하니까 양탄자 위에 떨어져도 아무 일 없을 터였다. 가장 염려스러운 부분은 침대에서 떨어질 때 소리가 크게 날 것 같다는 점이었다. 그 소리를 들으면 아마 각자 방에 있는 식구들이 충격을 받을 정도까지는 아니더라도 큰 걱정을 하게 될 것이다. 그렇지만 그렇게 할 도리밖엔 없었다.

그레고르의 몸이 절반쯤 침대 밖으로 나가 있었을 때, ─ 이 새로운 방법은 힘들기보다는 재미있는 놀이 같아서 등을 대고 누운 자세로 그네를 타듯이 몸을 흔들어 주기만 하면 되었다. ─ 누가 와서 도와준다면 얼마나 쉬울까 하는 생각이 들었다. 힘이 센 사람 둘 정도면 ─ 그는 아버지와 하녀를 떠올렸다. ─ 충분했다. 만약 이 두 사람이 둥그런 등 밑으로 팔을 집어넣고 껍질 벗기듯 내 몸을 침대에서 떼어 내 허리를 굽혀 내려놓은 다음, 내가 바닥에서 몸을 완전히 뒤집을 때까지 조심스레 기다려 주기만 하면 될 텐데. 그렇게 되면 바닥에서 다리들이 감각을 찾을 수 있을 것이다. 그런데 문이 잠겼다는 사실은 둘째 치고 정말 도와 달라고 소리칠 것인가? 너무나 힘든 상황이었지만 이런 생각을 하니 웃음을 참을 수 없었다.

이미 그의 몸은 조금만 더 세게 흔들었다가는 균형을 잡을 수 없을 정도로 침대 밖으로 밀려 나와 있었고, 5분만 더 지나면 7시 15분이 되기 때문에 그는 신속하게 최종 결정을 내려야 했다. 그 순간 현관에서 초인종이 울렸다. "회사에서 누가 왔구나." 그는 이렇게 중얼거렸다. 다리는 더 급하게 춤을 추는데도 몸은 자꾸 굳어 갔다. 순간 정적이 흘렀다. "식구들이 문을 안 열어 주겠지." 그레고르는 헛된 희망에 사로잡혀 중얼거렸다. 하지만 하녀는 여느 때처럼 힘찬 발걸음으로 현관문 쪽으로 다가가 문을 열어 주었다. 그레고르는 방문객의 첫 인사말만 듣고도 누가 왔는지 알 수 있었다. 지배인이었다. 어쩌다가 그레고르는 아주 조금만 늦어도 즉각 엄청난 죄를 저지른 듯한 혐의를 받는 회사에서 일하는 가혹한 운명에 처하게 된 것일까? 직원들은 모두 다 건달뿐인가? 그들 중에는 아침 몇 시간을 회사를 위해 온전히 다 사용하지 못하면 양심의 가책이 너무 심해져서 정신이 나가 침대를 떠날 수도 없는, 그런 충직하고 성실한 인간은 하나도 없다는 말인가? 수습사원 한 명만 보내 — 이런 조사질이 정말 필요하다면 — 물어봐도 족하지 않을까? 기어이 지배인이 직접 와야 했을까? 꼭 그렇게 해서 이런 수상한 사건을 조사할 때에는 지배인의 판단만을 신뢰할 수 있다는 걸 아무 죄 없는 식구들에게 알려야 한단 말인가? 결국 제대로 결단을 내렸다기보다 이런 생각에 흥분한 나머지, 그레고르는 있는 힘을 다해 침대에서 몸을 날렸다. 쾅 하고 소리가 났지만 요란할 정도는 아니었다. 양탄자 덕분에 살짝 약해지기도 했고, 생각보다 등에 탄력이 있어서 둔탁한 소리가 조금 났어도 그리 주목을 끌 정도는 아니었다. 다만 머리를 충분히 조심하며 치켜들지 않은 탓에 바닥에 부딪히고 말았다. 그는 화가 나고 아프기도 해서 양탄자에 머리를 돌리고 비벼 댔다.

"저 안에서 뭔가가 떨어진 것 같군요." 왼쪽 옆방에 있던 지배인이 말했다. 그레고르는 언젠가 지배인에게도 지금 자신에게 일어난 일과 비숫한 일이 일어나지 않을지 생각해 보았다. 그렇지 않을 거라고는 아무도 장담할 수 없었다. 그런데 그때 그레고르의 이런 물음에 거친 답변이라도 하려는 듯 옆방에 있던 지배인이 뚜벅뚜벅 몇 걸음을 옮기며 에나멜가죽 구두 소리를 냈다. 그러자 오른쪽 옆방에 있던 여동생이 그레고르에게 소곤거리며 귀띔을 해주었다. "그레고르 오빠, 지배인님이 오셨어." "나도 알아." 그레고르가 혼자 중얼거렸다. 그렇지만 감히 여동생이 들을 수 있을 정도로 목소리를 크게 내지는 못했다.

"그레고르," 이제는 왼쪽 옆방에서 아버지가 말했다. "지배인님이 오셔서 네가 어째서 새벽 기차를 타고 출근하지 않았는지 물으신단다. 우린 뭐라고 말씀드려야 할지 모르겠구나. 여하간 지배인님이 너와 직접 이야기를 나누고 싶어 하시는구나. 그러니 문 좀 열거라. 방이 지저분한 것쯤은 지배인님이 이해하실 거야." "안녕하세요, 잠자 씨." 그사이 지배인이 친절한 어조로 그를 불렀다. "지금 저 애 몸이 좀 좋지 않아요." 아버지가 여전히 문 앞에서 이야기하는 동안 어머니가 지배인에게 이렇게 말했다. "저 애 몸이 좀 좋지 않습니다. 믿어 주세요, 지배인님. 그게 아니면 어째서 기차를 놓쳤겠어요! 저 애 머릿속에는 온통 회사 일뿐이에요. 저녁에도 외출 한번 하지 않아 제가 화를 낼 정도이지요. 요즘은 8일 동안 시내에서 일하면서도 저녁에는 집에만 있었어요. 그때도 식구들과 같이 식탁에 앉아 조용히 신문을 읽거나 기차 시간표를 살펴본답니다. 그나마 실톱으로 무언가를 만드는 일이 저 애의 유일한 낙입니다. 예를 들면 2, 3일 정도면 작은 액자 하나 정도는 만들거든요. 얼마나 예쁜지 보면 놀라실 거예요. 지금 저 애 방에 걸려 있어요. 그레고르가 문만 열면 금방 보실 수 있을 거예요. 아무튼 지배인님이 오셔서 다행입니다. 저희 식구들만으로는 그레고르가 문을 열게 만들 수 없거든요. 저 애 고집이 보통이 아니라서요. 아침에 자기 말로는 그렇지 않다고 했지만, 몸이 아픈 게 틀림없어요." "곧 나가요." 그레고르는 느릿느릿하게 그리고 조심스럽게 말하면서 밖에서 하는 이야기들을 단 한 마디도 놓치지 않으려고 꼼짝도 하지 않았다. "부인, 저도 달리 생각할 수는 없군요." 지배인이 말했다. "별일 아니길 바랍니다. 그렇지만 한 말씀 더 드리자면, ─ 안타깝게 여기시든 다행스럽다고 여기시든 ─ 저희 장사꾼들은 몸이 조금 불편한 것쯤은 대개 장사를 생각해서 그냥 참고 넘겨야 한답니다." "그럼 지배인님께서 이제 들어가도 되겠니?" 참다못한 아버지가 이렇게 묻고는 다시 문을 두드렸다. "안 돼요." 그레고르가 말했다. 왼쪽 옆방에서는 불쾌한 정적이 감돌았고, 오른쪽 옆방에서는 여동생이 흐느껴 울기 시작했다.

어째서 여동생은 다른 식구들이 있는 쪽으로 가지 않은 것일까? 아마 이제 막 침대에서 일어나 아직 옷을 입지도 못했을 것이다. 그런데 왜 우는 걸까? 그레고르가 일어나지도 않고 지배인을 들어오지도 못하게 해서인가? 그가 실직당할 위험에 처해서인가? 그렇게 되면 사장이 해묵은 빚 청산을 들먹이며 부모에게 또다시 압력을 가할 것이기 때문인가? 하지만 지금 상황에서 그런 생각은 쓸데없는 걱정거리였다. 그레고르는 여전히 여기 있고 가족을 버릴 생각은 눈곱만큼도 없었다. 그저 지금 당장은 이렇게 양탄자 위에 누워 있는 것이 좋았다. 게다가 지금 그의 상태를 알고도 지배인을 방으로 들이라고 진지하게 요구할 사람은 아무도 없으리라. 나중에 그저 적당한 변명거리를 찾아 간단히 둘러대기만 하면 될 이 사소한 결례 때문에 그레고르가 당장 해고되는 일도 없을 것이다. 울며불며 매달려 지배인을 성가시게 하느니 지금으로서는 차라리 그를 귀찮게 하지 않는 편이 훨씬 현명한 방법인 것 같았다. 그러나 그의 이러한 불확실한 태도는 다른 식구들을 안절부절못하게 만들었고, 이 때문에 그들의 잘못된 처신을 용서할 수 있었다.

"잠자 씨," 마침내 지배인이 목소리를 높였다. "대체 무슨 일이야? 지금 자네는 방에서 죽치고 앉아 그저 예, 아니오라고만 하면서 부모님께 쓸데없이 큰 걱정거리만 안기고 있지 않나. ― 말이 나온 김에 하는 말이네만 ― 자네는 지금 정말 전대미문의 방식으로 직무를 태만히 하고 있네. 지금 자네 부모와 사장님의 이름을 걸고 말하는데, 당장 이 상황에 대해 분명하게 해명할 것을 바라는 바네. 놀랍네, 정말 놀라워. 난 자네가 차분하고 이성적인 사람인 줄로만 알았네. 그런데 이제 보니 자네는 갑자기 이상한 변덕을 부리려고 작정한 사람 같군. 오늘 아침에도 사장님은 자네의 직무 태만에 대한 그럴듯한 이유를 넌지시 말씀하셨지만 ― 얼마 전 자네에게 맡긴 수금 때문일 것이라고 말이야. ― 나는 명예를 걸고 말하건대 당치도 않은 이유라고 말씀드렸다네. 그런데 지금 도저히 이해할 수 없는 자네 고집을 보니 편을 들어주고 싶은 마음이 싹 가시는군. 사실 자네 자리는 결코 확고한 것이 아니라네. 원래 자네와 단둘이서만 이런 이야기를 나눌 생각이었는데, 자네가 이렇게 쓸데없이 내 시간을 허비하게 만들고 있으니, 굳이 자네 부모님 모르게 이야기할 이유가 없겠군. 최근 자네 실적은 아주 실망스러워. 영업이 썩 잘되는 계절이 아니라는 것쯤은 우리도 알고 있어. 하지만 영업이 안되는 계절이란 게 있지도 않을 뿐더러, 잠자 군, 있어서도 안 되네." "그렇지만 지배인님," 그레고르는 정신이 나갈 정도로 흥분해서 다른 모든 상황들을 잊어버린 채 소리쳤다. "예, 금방 문을 열겠습니다. 몸이 약간 불편해서 그럽니다. 현기증이 나서 일어나기 조금 힘들 뿐입니다. 아직 침대에 누워 있기는 합니다만. 이제 곧 다시 기력을 차릴 겁니다. 막 침대에서 일어나고 있으니 조금만 참아 주세요! 생각했던 것만큼 잘 되지 않는군요. 하지만 벌써 좋아졌어요. 어떻게 이런 일이 일어날 수 있담! 어제 저녁만 해도 멀쩡했는데 말이에요. 부모님도 잘 아실 거예요. 아니, 어제저녁부터 이미 사소한 조짐이 있었다는 말이 맞아요. 제 상태를 눈여겨보았다면 충분히 눈치챌 수 있었을 거예요. 어째서 제가 회사에 알리지 않았을까요? 결근하지 않아도 병을 이겨 낼 수 있다고 생각하니까요. 지배인님! 제 부모님에게 뭐라고 하지 말아 주세요. 지금 제게 하시는 비난들은 전부 가당치 않습니다. 이제껏 제게 그런 말을 한 사람은 아무도 없었습니다. 아마 제가 최근에 보내 드린 주문서를 아직 보지 않으신 모양입니다. 어쨌든 8시 기차로 떠나겠습니다. 몇 시간 쉬었더니 기운이 나는군요. 지배인님, 부디 여기 계시지 말고 가십시오. 금방 회사로 가겠습니다. 사장님께도 그렇게 전해 주시고 말씀 좀 잘 해주시기 바랍니다!"

스스로가 무슨 말을 하고 있는지도 정확히 모르는 상태에서 변명을 모두 쏟아 내는 동안, 그레고르는 침대에서 이미 연습한 덕분에 옷장까지 수월하게 다가갔고, 이제 거기에 기대어 몸을 일으켜 보려고 했다. 정말 그는 문을 열어 자신의 모습을 보여 주고, 지배인과 직접 이야기할 생각이었다. 지금 그렇게 자신을 보고 싶어 하는 사람들이 정작 이 모습을 보면 무슨 말을 할지 정말 알고 싶었다. 이들이 경악한다 해도 그것은 그의 탓이 아니니 태연할 수 있을 것이다. 하지만 이들이 묵묵히 받아들인다면 그레고르 역시 흥분할 이유가 전혀 없었다. 급히 서두르면 8시에는 기차역에 도착할 수 있을 것이다. 처음에는 매끄러운 옷장에서 서너 차례 미끄러졌지만, 결국에는 몸을 힘껏 흔들어 똑바로 설 수 있게 되었다. 하반신이 타는 듯이 아팠지만 개의치 않았다. 그레고르는 가까이에 있는 의자 등받이로 몸을 던진 다음 작은 다리들을 이용해 그 가장자리를 꼭 붙들었다. 그렇게 하여 그는 몸을 가눌 수 있게 되었고, 곧바로 입을 다물었다. 이제 지배인의 말을 들을 수 있었기 때문이었다.

"한마디라도 알아들으셨나요?" 지배인이 부모님에게 물었다. "이 친구가 설마 우리를 바보 취급하는 건 아니겠지요?" "세상에, 당치도 않은 말씀입니다." 어머니가 울먹이며 말했다. "우리 애가 많이 아픈 것 같네요, 우리가 저 애를 괴롭히고 있다고요. 그레테! 그레테!" 어머니는 여동생을 불렀다. "엄마, 왜요?" 다른 쪽에 있던 여동생이 대답했다. 두 사람은 그레고르의 방을 사이에 두고 대화를 나누었다. "너, 어서 의사 선생님께 가야겠다. 그레고르가 아픈단다. 서둘러 의사 선생님 좀 모시고 오너라. 지금 오빠가 내는 소리 들었니?" "그건 짐승의 목소리였어요."라고 지배인이 말했는데, 어머니가 질러 대는 소리에 비하면 확연하게 조용한 목소리였다. "안나! 안나!" 아버지가 복도를 통해 부엌 쪽에다 대고 소리 지르며 손뼉을 쳤다. "당장 열쇠 수리공을 불러 오너라!" 그러자 금세 그레테와 안나가 치마 끄는 소리를 내며 복도를 달려 나가 — 여동생은 어떻게 그렇게 빨리 옷을 입었는지 모르겠다. — 현관문을 열었다. 문 닫히는 소리마저 들리지 않았다. 큰 사고가 터진 집에서 늘 그렇듯, 두 여자는 문을 활짝 열어 놓고 나간 모양이었다.

하지만 그레고르는 한층 차분해졌다. 귀에 익은 덕분인지 그에게는 자신의 말이 아주 분명하게, 아까보다 훨씬 더 또렷하게 들리는 것 같은데도 사람들은 그가 하는 말을 알아듣지 못했다. 하지만 어쨌든 사람들이 그의 상태가 정상이 아니라고 여기며 도와줄 준비를 하고 있었다. 처음에 이런저런 조치를 취할 때 사람들이 보여 준 확신이나 자신감에 그는 마음이 한결 좋아졌다. 그레고르는 자신이 인간 사회 속으로 다시 받아들여지고 있다고 느꼈으며 의사와 열쇠 수리공, 사실은 이 두 사람을 정확히 구분하지도 않고, 이들이 대단하고 놀라운 일을 이루어 주리라 기대했다. 밖에 있는 사람들과 중요한 이야기를 나눌 시점이 시시각각 다가오자 그레고르는 최대한 명료한 목소리를 내기 위해 헛기침을 조금 했다. 물론 이 소리도 아주 낮게 내려 했다. 이 헛기침 소리조차도 사람의 기침 소리와 다르게 들릴지 모르기 때문이었다. 이제 그는 그것을 감히 판단할 자신이 없었다. 그사이 옆방에서는 아무 소리도 들리지 않았다. 아마 부모님과 지배인이 함께 탁자에 앉아 귓속말을 나누거나 어쩌면 문에다 귀를 대고 엿듣고 있을지도 몰랐다.

그레고르는 의자를 밀며 몸을 문가로 천천히 끌고 가서 의자를 놓아 두었다. 그리고 재빨리 몸을 그쪽으로 던진 다음, 문에 기대어 — 그의 다리 밑바닥에서 점액 물질이 조금씩 나오고 있었다. — 똑바로 일어섰다. 그리고 잠시 고된 노동을 멈추고 숨을 돌렸다. 그런 다음 입으로 열쇠구멍에 꽂힌 열쇠를 돌리려 애썼다. 안타깝게도 이빨은 없지만 — 그러면 대체 무엇으로 열쇠를 잡아야 한다는 말인가? — 대신 턱이 아주 단단한 것 같았다. 실제로 그레고르는 강한 턱을 이용해 열쇠를 돌릴 수 있었다. 입에 분명 상처가 났는데도 그는 전혀 개의치 않았다. 그의 입에서 나온 갈색 분비물이 열쇠 위로 흘러내려 바닥에 떨어졌다. "들어보세요." 옆방에서 지배인이 말했다. "그가 열쇠를 돌리고 있어요." 이 말이 그레고르에게 큰 격려가 되었다. 하지만 아버지, 어머니를 비롯한 모든 사람들이 자신에게 "힘내, 그레고르."라고, "계속해, 열쇠를 꽉 잡아!"라고 크게 소리쳐 주었으면 했다. 모든 사람들이 가슴 졸이며 자기가 고군분투하는 것을 지켜보고 있다고 생각하며, 그레고르는 혼신의 힘을 다해 정신없이 열쇠를 꽉 물었다. 열쇠가 계속 돌아감에 따라 그의 몸도 자물쇠 주위로 빙 돌아 이제는 입으로만 몸을 지탱하며 가누는 모양이 되었다. 필요에 따라 열쇠에 매달리거나 모든 체중을 실어 다시 내리누르기도 했다. 마침내 경쾌한 소리와 함께 자물쇠가 열리자 그레고르는 정신이 번쩍 들었다. 그는 안도의 한숨을 내쉬며 중얼거렸다. "열쇠 수리공 따위는 필요 없어." 그러고는 문을 활짝 열기 위해 머리를 손잡이 위에 올렸다.

그가 이런 식으로 문을 열어야 했기 때문에, 어느덧 문은 활짝 열렸지만 정작 그의 모습은 보이지 않았다. 우선 그는 여닫이문의 한쪽 문짝을 타고 천천히 돌아 나가야 했는데, 거실로 나가기도 전에 꼴사납게 벌렁 자빠지지 않으려면 여간 조심해서는 안 되었다. 그레고르는 여전히 힘겹게 움직이는 데 신경을 쓰느라 다른 것에 관심을 둘 여유가 없었다. 그때 지배인이 "앗!" 하는 소리를 내뱉었다. — 흡사 바람이 휙 스쳐 지나가는 소리 같았다. — 곧 문 바로 옆에 서 있던 지배인이 딱 벌어진 입을 손으로 틀어막고 천천히 뒷걸음질을 치는 모습이 보였다. 마치 눈에 보이지는 않지만 꾸준히 작용하는 어떤 힘이 그를 몰아내는 것 같았다. 어머니는 — 지배인이 와 있는데도 밤새 풀어 놓아 뻗친 머리를 손질도 하지 않은 채 서 있었다. — 처음에는 두 손을 모으고 아버지를 쳐다보다가 그레고르 쪽으로 두어 걸음 다가오더니, 치마를 사방으로 흩뜨리며 철퍼 주저앉고 말았다. 얼굴은 가슴에 파묻혀 전혀 보이지 않았다. 아버지는 그레고르를 다시 방 안으로 쫓아 보내려는 듯 적개심 가득한 표정을 지으며 주먹을 쥐었다. 그러다가 아무것도 믿지 못하겠다는 표정으로 거실을 두리번거리더니, 두 손으로 눈을 가린 채 육중한 가슴이 들썩일 정도로 흐느껴 울었다.

그레고르는 거실로 나가지도 않고 그저 방 안에서 단단히 빗장이 걸려 있는 문짝에 기대어 있었다. 그의 몸 절반과 옆으로 기울인 머리만 보였다. 그렇게 그는 다른 사람들을 물끄러미 바라보았다. 그사이 해가 떠서 주위가 한층 밝아졌다. 길 건너편으로 끝없이 길게 늘어서 있는 회색 건물들이 — 그것은 병원이었다. — 뚜렷이 보였다. 이 건물은 창문이 전부 일정한 간격을 두고 앞쪽으로 툭 튀어나와 있었다. 비는 여전히 내리고 있었는데, 굵은 빗방울 하나하나가 또렷하게 보일 정도로 땅을 내리치고 있었다. 식탁에는 아침 식사 때 먹은 그릇들이 수북이 쌓여 있었다. 아침은 아버지에게 하루 중 가장 중요한 식사 시간으로, 아버지는 이런저런 신문들을 읽느라 이때를 몇 시간씩 질질 끌기도 했다. 바로 맞은편 벽에는 그레고르가 소위로 복무했던 때의 사진이 걸려 있었다. 사진 속 그레고르는 손에 긴 군도를 쥐고 아무 근심 없이 웃고 있었는데, 마치 사람들이 이러한 자세와 군복에 경의를 표하기를 바라는 듯했다. 현관으로 통하는 문과 현관문도 같이 열려 있어서 현관과 그 아래로 내려가는 계단의 첫머리도 눈에 들어왔다.

"자, 이제," 그레고르는 이렇게 말했다. 이제 그는 평정심을 지키고 있는 사람이 자기 혼자뿐이라는 사실을 알고 있었다. "금방 옷을 입고 견본 꾸러미를 챙겨 출발하겠습니다. 제가 떠나도 괜찮겠지요, 그렇게 해주실 거지요? 자, 지배인님, 보시다시피 저는 고집불통이 아니라 일하기를 좋아하는 사람입니다. 출장이 고된 일이긴 하지만 저는 여행을 하지 않으면 아마 살 수 없을 겁니다. 지배인님, 어디로 가실 건가요? 회사로 가시지요? 그렇지요? 이 모든 일들을 사실 그대로 보고하실 겁니까? 지금 당장 일할 수는 없지만, 바로 지금 같은 때야말로 예전에 거둔 실적을 생각하셔서 나중에 장애만 극복하면 분명 더 열심히, 더 집중해서 일할 거라는 점을 충분히 고려해 주셔야 할 시점이 아닌가 합니다. 지배인님도 잘 알고 계시겠지만, 저는 사장님께 진 빚이 많습니다. 한편으로는 부모님과 여동생을 걱정해야 할 형편이지요. 저는 지금 곤경에 처해 있지만 다시 이겨 낼 겁니다. 그러니 저를 지금보다 더 곤란하게 만들지는 말아 주세요. 회사에서 제 편이 되어 주세요! 사람들이 외판 사원을 좋아하지 않는다는 것쯤은 저도 알고 있습니다. 우리가 돈도 잘 벌고 호사스럽게 산다고 여기는 거죠. 그런 편견을 좋은 방향으로 바꿀 만한 특별한 계기도 사실 없었지요. 하지만 지배인님, 지배인님이야말로 다른 직원들보다 저희들의 실상에 대해서 훨씬 더 잘 알고 계신 분 아닙니까. 사실 우리끼리 하는 얘기지만, 사장님보다 저희 사정을 훨씬 더 잘 알고 계시잖아요. 사장님이야 경영자라는 역할의 성격상 직원들에게 불리한 판단을 내리는 우를 쉽게 범하시니까요. 거의 1년 내내 밖에서 일하는 저희 외판 사원들은 쓸데없는 소문이나 우발적인 상황들, 근거 없는 모함의 희생양이 될 수 있는 처지임을 지배인님도 잘 아실 겁니다. 그렇다고 저희는 그런 것들에 맞서 직접 어떻게 할 수 있는 입장도 아닙니다. 그런 말들에 대해 정작 저희들은 대부분 아무것도 듣지 못하는 데다가 또한 외근 업무를 끝내고 기진맥진한 상태로 집으로 돌아오고 나서야 비로소 원인조차 알 수 없는 고약한 결과를 직접 감지하기 때문입니다. 지배인님, 떠나시기 전에 적어도 지금까지 제가 드린 말이 조금이나마 옳았다는 말씀 한마디만 해주십시오."

그러나 지배인은 그레고르가 첫마디를 뗄 때 이미 몸을 돌려 버렸다. 그러고는 어깨를 들썩이고 입을 비쭉 내밀면서, 어깨 너머로 그레고르를 돌아보았다. 지배인은 그레고르가 말을 하는 내내 잠시도 가만히 있지 않고, 그를 계속 쳐다보면서 마치 방을 떠나지 말라는 은밀한 지령을 받기라도 한 듯 아주 천천히 문을 향해 뒷걸음질하기 시작했다. 어느새 그는 현관까지 나와 거실에서 마지막 발을 빼기 시작했는데, 그 모습이 어찌나 갑작스럽던지 마치 불에 발바닥을 덴 것 같았다. 현관에서 그는 천상의 구원을 기다리는 사람처럼 계단을 향해 오른손을 내뻗었다.

그레고르는 이 일 때문에 회사에서 자신의 입지가 크게 흔들리지는 않는다 할지라도, 지배인을 저런 기분으로 그냥 보내서는 절대 안 된다는 것을 알아차렸다. 부모님은 이런 모든 상황을 그리 잘 이해하지는 못했다. 워낙 오랫동안 근무를 하다 보니 그레고르가 이 회사에서 평생 먹고 살 수 있을 거라 확신했고, 더욱이 지금 당장 눈앞의 걱정거리 때문에 앞일을 신경 쓸 여유가 없었던 것이다. 그러나 그레고르는 앞일을 생각하고 있었다. 지배인을 붙잡아 진정시키고 설득하여 반드시 그의 마음을 얻어야 했다. 그레고르와 가족의 미래가 거기에 달려 있으니까 말이다! 여동생이 그 자리에 있었다면 얼마나 좋았을까! 그 애는 똑똑한 아이니까. 그레고르가 여전히 조용히 누워 있을 때 그녀는 울고 있었다. 여동생이라면 분명 여자를 좋아하는 지배인의 마음을 돌려놓을 수도 있었을 것이다. 여동생이라면 얼른 문을 닫고 현관에서 지배인에게 이런 충격적인 상황을 충분히 해명할 수 있었을 것이다. 그런데 때마침 여동생이 없으니, 그레고르가 직접 나서야 했다. 그는 자신이 지금 움직일 수 있는 능력이 어느 정도인지 잘 파악하지 못한 데다 심지어 십중팔구 자기가 하는 말을 아무도 못 알아들을 것이라는 생각도 하지 않은 채, 문짝에서 떨어져 살짝 열린 문틈으로 몸을 밀어 넣었다. 원래는 출입구 난간을 두 손으로 우스꽝스럽게 움켜쥐고 있는 지배인에게 갈 생각이었다. 그렇지만 그는 붙잡을 데를 찾지 못하고 곧바로 작은 비명과 함께 아래로 떨어져 자신의 수많은 다리를 깔고 앉고 말았다. 그런데 그때 그는 오늘 아침 처음으로 편안함을 느꼈다. 조그만 다리들이 단단한 바닥을 딛고 섰던 것이다. 그는 자기 뜻대로 다리를 움직일 수 있었다. 심지어 다리들이 그가 가고자 하는 쪽으로 몸을 옮겨 주려 애쓰는 모습에 그는 너무나 기뻤다. 이제 그레고르는 이 모든 고통으로부터 완전히 벗어날 때가 바로 눈앞에 다가왔다고 믿었다. 그런데 그가 어머니로부터 그다지 멀리 떨어지지 않은 방바닥 위에서 그녀 쪽을 향해 엎드린 채로 움직임을 조절하느라 몸을 좌우로 흔들고 있던 바로 그때, 완전히 정신을 잃은 듯 보였던 어머니가 느닷없이 팔을 쭉 뻗고 손가락을 쫙 편 채 펄쩍 뛰어오르며 소리쳤다. "사람 살려, 아이고, 사람 살려!" 어머니는 그레고르를 더 잘 보고 싶은지 고개를 아래로 숙이면서 반대로 다리로는 무작정 뒷걸음질을 쳤다. 뒤쪽에 아침상을 차려 놓은 식탁이 있다는 사실도 깜빡 잊었던 어머니는 식탁 옆에 이르자 정신 나간 사람처럼 황급히 그 위로 올라가 앉았다. 그 바람에 큰 주전자가 엎어져 그 안에서 쏟아진 커피가 양탄자 위로 흘러내리고 있다는 사실도 알아차리지 못하는 것 같았다.

"어머니, 어머니." 그레고르는 낮은 목소리로 부르며 어머니를 쳐다보았다. 지배인에 대한 걱정은 잠시나마 까맣게 잊었으나, 흘러내리는 커피를 보자 마시고 싶은 욕구를 참지 못하고 수차례나 턱을 들고 허공을 향해 덤벼들었다. 그러자 어머니는 다시 비명을 지르며 식탁에서 도망쳐 내려와 급하게 달려온 아버지 팔에 안겼다. 하지만 그레고르는 이제 부모님에게 신경 쓸 겨를이 없었다. 지배인이 벌써 계단까지 나가 있었기 때문이다. 지배인은 계단 난간에 턱을 대고는 마지막으로 뒤를 돌아보았다. 그레고르는 확실하게 그를 따라잡기 위해 전속력으로 돌진했다. 하지만 지배인은 무언가 예감한 듯 한 번에 몇 계단씩을 훌쩍 뛰어 사라졌다. "휴!" 하고 그가 외치는 소리가 계단 전체에 울려 퍼졌다. 안타깝게도 지배인의 도주가 그때까지 비교적 평정을 유지하고 있던 아버지를 완전히 혼란스럽게 만든 것 같았다. 지배인을 직접 쫓든가 아니면 최소한 그레고르가 지배인을 쫓아가려는 것을 막지 말아야 했건만, 아버지는 오른손으로 지배인이 모자, 외투 그리고 소파에 두고 간 지팡이를 움켜쥐고 왼손으로는 식탁에서 커다란 신문지를 집어 들었다. 그러고는 두 발로 바닥을 쿵쿵 구르며 신문과 지팡이를 흔들어 그레고르를 방 안으로 다시 몰아넣으려 했다. 그레고르가 아무리 애원해도 소용없었고, 애초부터 아버지는 그의 애원을 알아듣지도 못했다. 그레고르가 순순히 머리를 돌리려 해도 아버지는 더욱 세게 발을 구를 뿐이었다. 저쪽에서는 쌀쌀한 날씨에도 불구하고 어머니가 창문을 활짝 열어 밖으로 몸을 내민 채 두 손으로 얼굴을 감싸고 있었다. 골목과 계단참 사이에서 차디찬 바람이 강하게 불어와 커튼이 펄럭였고, 식탁 위에 놓여 있던 신문이 낱장으로 날아가 바닥 위로 흩날렸다. 아버지는 그레고르를 야멸차게 몰아대면서 야만인처럼 쉬쉬 소리를 내뱉었다. 하지만 그레고르로서는 아직 뒤로 물러나는 데에는 전혀 익숙하지 않아 움직임이 그야말로 굼뜰 수밖에 없었다. 스스로 몸을 돌리도록 놔두었으면 그레고르는 금방 자기 방으로 돌아갈 수 있었을 것이다. 하지만 몸을 트는 데 시간이 많이 걸렸기 때문에 그는 아버지가 참지 못할까 봐 무서웠다. 그리고 아버지가 언제든지 손에 쥐고 있는 지팡이로 등이나 머리를 때려 자신에게 치명상을 입힐 것 같기도 했다. 그런데도 그레고르는 달리 어쩔 도리가 없었다. 그는 뒤로 도망가면서도 전혀 방향을 잡을 수 없다는 사실에 너무 놀랐다. 그래서 겁먹은 시선으로 쉼 없이 아버지를 곁눈질하며 최대한 빠르게, 그러나 실제로는 무척이나 느릿느릿하게 몸을 돌리기 시작했다. 아버지도 그의 선의를 알아차렸는지 그레고르를 방해하지 않았고, 멀찌감치 떨어져 지팡이 끝으로 이리저리 몸을 틀 방향을 가리켜주기까지 했다. 아버지가 도저히 참을 수 없는 쉬쉬 소리만 내뱉지 않았으면 좋으련만! 그레고르는 이 소리 때문에 제정신이 아니었다. 계속 듣다 보니 거의 몸을 다 틀고도 헷갈려서 다시 되돌아가기까지 했다. 마침내 다행히도 열린 문틈까지 머리가 도달했지만, 덮어놓고 들어가기에는 지금 몸집이 너무 넓적하다는 것을 깨달았다. 물론 아버지가 지금 같은 기분 상태로 멀리서나마 다른 쪽 문을 열어서 그레고르가 들어갈 수 있도록 충분한 통로를 터줄 리 만무했다. 아버지의 확고한 생각은 그저 그레고르가 속히 방으로 들어가야 한다는 것뿐이었다. 아버지는 절대로 그레고르가 똑바로 일어서고, 그렇게 선 자세로 문을 통과하기 위해 필요한 번거로운 준비 과정까지 기다려 주지 않을 것이다. 오히려 아버지는 이제 장애물은 없다는 듯이 계속 이상한 소리를 내면서 그레고르를 앞으로 몰아붙였다. 그레고르 뒤에서 들리는 그 소리는 더 이상 이 세상에 단 한 분뿐인 아버지가 내는 목소리가 아닌 것 같았다. 이제는 정말 장난이 아니었다. 그레고르는 — 될 대로 되라는 심정으로 — 문 안으로 몸을 들이밀었다. 하지만 몸이 한쪽으로 들리면서 문틈 사이로 비스듬히 걸려 누운 자세가 되었다. 좁은 문틈을 비집고 들어오느라고 한쪽 옆구리 살갗이 벗겨지면서 상처가 나 하얀 문에 흉한 얼룩이 졌고, 몸이 꽉 껴서 혼자서는 도저히 움직일 수 없게 되었다. 한쪽 다리들은 덜덜 떨면서 허공에 걸려 있었고, 다른 쪽 다리들은 고통스럽게 바닥에 눌려 있었다. 그때 아버지는 지금이야말로 진짜 구원의 기회가 왔다는 듯 뒤에서 그를 세차게 걷어찼다. 그레고르는 피를 철철 흘리며 방 안 멀리까지 날아갔다. 아버지가 지팡이로 친 문까지 닫히자 마침내 사방이 조용해졌다.

Ⅱ

해가 질 무렵이 되어서야 비로소 그레고르는 혼수상태와도 같았던 깊은 잠에서 깨어났다. 잠을 방해하는 소리가 나지 않았더라도 더 오래 자지는 못했을 것이다. 그만하면 충분히 쉬고 푹 잔 느낌이었다. 하지만 다급한 발걸음 소리와 현관으로 나가는 문을 조심스레 닫는 소리 때문에 잠에서 깬 것 같았다. 가로등 불빛이 천장과 가구의 맨 윗부분 여기저기에 희미하게 걸려 있었지만, 그레고르가 있는 아래쪽은 어두웠다. 그는 이제야 비로소 고마움을 알게 된 더듬이로 아직은 서툴게 주변을 더듬으면서 문 쪽으로 천천히 몸을 밀고 갔다. 그곳에서 무슨 일이 벌어졌는지 살펴볼 셈이었다. 왼편 옆구리에 한 줄로 길게 난 흉터에 불편하게 조이는 느낌이 들었고, 그래서 양쪽에 붙은 다리들을 규칙적으로 절뚝거릴 수밖에 없었다. 게다가 아침에 벌어진 소동의 와중에 다리 하나를 심하게 다쳐 — 하나만 다친 것이 거의 기적이었다. — 맥없이 질질 끌렸다.

문가에 이르니 그를 그쪽으로 유혹했던 것의 정체가 드러났다. 그것은 바로 음식 냄새였다. 그곳에는 달콤한 우유가 담긴 그릇이 놓여 있었고, 안에는 작고 흰 빵 조각들도 떠다녔다. 아침보다 한결 더 배가 고팠던 탓에 그는 너무 좋아 하마터면 웃음을 터트릴 뻔했다. 곧장 눈 주위까지 우유가 차오를 정도로 머리를 우유 그릇에 처박았다. 하지만 그는 곧 실망하여 물러났다. 왼쪽 옆구리가 불편해 먹기 어렵기도 했지만 — 온몸을 헐떡이면서 같이 움직여야 간신히 먹을 수 있었다. — 무엇보다 우유가 도통 맛이 없었다. 우유는 평소 그가 가장 즐겨 마시는 음료였으며, 분명이 때문에 여동생이 우유를 갖다 놓았을 것이다. 결국 그는 속이 역겨워져서 그릇에서 몸을 돌려 방으로 다시 기어들어 왔다.

문틈으로 보니 거실에는 가스등이 켜 있었다. 여느 때 같았으면 이 무렵에 아버지가 석간신문을 어머니나, 이따금 여동생에게도 큰 소리로 읽어 주었을 텐데 지금은 아무 소리도 나지 않았다. 여동생이 항상 이야기했고 또 편지에도 써서 보내곤 했던, 아버지의 신문 읽어 주는 일과가 최근에 와서 필요 없어진 것 같았다. 분명 집에 사람이 없는 것 같지는 않은데 주위가 너무 조용했다. "우리 식구들이 이렇게 조용하게 살았다니!" 그레고르는 어둠 속을 물끄러미 바라보면서 이렇게 중얼거렸다. 그리고 자신이 부모님과 여동생에게 이렇게 좋은 집에서 이런 생활을 할 수 있도록 해주었다는 사실에 뿌듯한 자부심을 느꼈다. 그런데 이제 평안하고 넉넉하며 만족스러운 이 모든 삶이 끔찍하게 끝난다면 어쩌지? 그레고르는 이런 생각을 계속하느니 차라리 몸을 움직이기로 했고, 방 안을 이리저리 기어다니기 시작했다.

그 긴 저녁 시간 동안 한 번은 한쪽 옆문이, 또 한 번은 다른 쪽 옆문이 아주 살짝 열렸다가 다시 닫혔다. 아마 누군가 안으로 들어오고 싶은 마음은 있지만 그렇게 하지 못하고 여러 차례 망설이는 것 같았다. 그레고르는 거실 문에 바싹 붙어 섰다. 망설이는 방문자를 어떻게든 들어오게 하거나 최소한 그가 누구인지 알아볼 작정이었다. 하지만 문은 더 이상 열리지 않았고, 그레고르의 기다림은 아무 소용없는 일이었다. 문이 잠겨 있던 아침에는 모두들 들어오려고 야단이더니, 그가 문을 활짝 열어놓았고 다른 문들도 낮 시간 내내 열려 있는 지금은 아무도 들어오지 않았다. 열쇠도 이제는 바깥에 꽂혀 있었다.

밤이 늦어서야 비로소 거실 불이 꺼졌다. 부모님과 여동생 세 사람이 조용히 발끝을 들고 서로 멀어지는 소리가 이제야 정확히 들리는 것을 보니, 이들은 늦게까지 잠을 자지 않은 게 분명했다. 이제 아침이 올 때까지 그레고르를 찾을 사람은 분명 아무도 없을 것이다. 그러니까 이제 그에게는 아무런 방해도 받지 않고 자기 삶을 어떻게 새로 설계할 것인지 곰곰이 생각할 시간이 충분해진 셈이다. 하지만 바닥에 바싹 붙어 누워 있을 수밖에 없는 높고 텅 빈 방이 왠지 모르게 그를 불안하게 했다. 지난 5년 동안 머물러 온 방이었다. 그는 약간의 수치심을 느끼며 거의 무의식적으로 몸을 돌려 소파 밑으로 급히 기어들어 갔다. 등이 짓눌리는 느낌이 들고 머리도 들 수 없었지만 금세 아주 편안한 느낌이 들었다. 다만 너무도 넓적해진 몸을 소파 밑으로 완전히 집어넣을 수 없어서 아쉬울 따름이었다.

그는 때로는 굶주림에 깜짝 놀라 잠에서 깬 뒤 비몽사몽한 상태로, 때로는 걱정과 희미한 희망에 사로잡힌 채로 그곳에서 밤을 새웠다. 그러나 당분간은 조용히 처신하고 가족을 최우선으로 고려하여 인내함으로써 현재 자기 상태 때문에 가족들이 겪을 불쾌한 일들을 잘 이겨 낼 수 있게 해야 한다는 결론을 내렸다.

어둠이 채 가시지 않은 이른 아침에 그는 방금 다짐했던 이 결심의 힘을 시험할 기회를 잡았다. 어느새 옷을 다 차려입은 여동생이 복도에서 문을 열고 긴장한 표정으로 안을 들여다보았다. 곧장 그를 발견하지 못했지만, 그가 소파 밑에 있는 것을 보고는 — 맙소사, 그레고르도 어딘가에는 있어야 할 것이 아닌가, 그곳에서 날아서 도망칠 수도 없는 노릇이니 말이다. — 소스라치게 놀라 자제력을 잃고 밖에서 문을 쾅 닫아 버렸다. 하지만 곧 자신의 행동이 후회되었는지 금방 문을 다시 열더니 마치 중환자나 낯선 남자가 옆에 있는 것처럼 살금살금 안으로 들어왔다. 그레고르는 머리를 소파 끝까지 한껏 내밀어 그녀를 지켜보았다. 우유가 남아 있지만 그가 배고프지 않아서 그런 것이 아님을 알아차리고 여동생이 그의 입맛에 맞는 다른 음식을 갖다 줄 것인가? 소파 밑에서 기어 나와 여동생 발 아래로 달려들어 뭐든 먹을 것 좀 달라고 애원하고 싶은 마음이 굴뚝과 같았지만 스스로 깨달아 그렇게 하는 것이 아니라면, 그녀가 그것을 알아차리게 하느니 차라리 굶어 죽는 편이 나을 듯싶었다. 그런데 곧 그녀는 우유가 그릇 주변에만 약간 흘렀을 뿐 그릇 안에는 아직 고스란히 남아 있는 것을 발견하고는 의아해하며, 그릇을 맨손이 아닌 걸레로 감싸 쥔 뒤 곧장 들고 나갔다. 그레고르는 여동생이 다른 음식을 가지고 올지 사뭇 궁금했다. 별별 생각을 다 했지만 실제로 그녀가 어떤 친절을 베풀지는 짐작할 수 없었다. 여동생은 오빠의 입맛을 알아볼 생각으로 온갖 음식을 가져와 헌 신문지 위에 펼쳐 놓았다. 신문지 위에는 오래되어 반쯤 상한 야채, 저녁 식사 때 먹다 남아 거의 굳어 버린 흰 소스가 묻은 뼈다귀, 건포도와 아몬드 서너 알, 그레고르가 이틀 전에 맛없다고 말한 치즈 조각, 마른 빵과 버터 바른 빵, 그리고 버터에 소금을 살짝 뿌린 빵이 있었다. 이것 말고도 여동생은 아마 영원히 그레고르만 사용하기로 정한 듯한 그릇을 갖다 놓고 그 안에 물을 따랐다. 그녀는 그레고르가 분명히 자기가 보는 앞에서는 음식을 먹지 않을 게 뻔하다는 사실을 알아차리고 황급히 물러났고, 게다가 그가 원하는 대로 편하게 먹어도 된다는 것을 눈치챌 수 있도록 열쇠로 문을 잠가 주는 등 나름대로 세심하게 신경을 썼다. 음식을 먹으러 간다는 생각에 그의 다리들이 윙윙거렸다. 어쨌거나 몸의 상처가 벌써 완치되었는지 불편함은 전혀 느껴지지 않았다. 한 달 전쯤 칼에 살짝 벤 손가락의 상처가 그저께까지만 해도 꽤나 심하게 아팠다는 사실이 떠올라 그저 놀랍기만 했다. 그는 '이제 내 감각이 무디어진 걸까?'라고 생각하면서, 그 어떤 음식보다 빠르고 강렬하게 그의 입맛을 끌었던 치즈를 게걸스럽게 빨아들였다. 어찌나 만족스러운지 그는 눈물까지 흘리며 치즈와 야채, 소스를 순식간에 잇달아 먹어 치웠다. 반면에 신선한 것들은 맛이 없고 냄새조차 역겨워서, 입맛이 당기는 음식만 따로 골라 조금 떨어진 곳에다 옮겨 놓기까지 했다. 여동생이 뒤로 물러나 있으라는 신호로 열쇠를 천천히 돌렸을 때 그는 이미 음식을 다 먹고 느긋하게 드러누워 있던 참이었다. 그는 거의 잠이 들었다가 열쇠 소리에 화들짝 놀라 다시 황급히 소파 밑으로 기어들어 갔다. 여동생이 방에 머문 것은 아주 잠깐이었지만 그레고르에게는 이렇게 잠깐 소파 밑에 숨어 있는 것조차도 자제력이 필요한 일이었다. 실컷 먹고 나니 배가 둥글게 부풀어 올라 그 좁은 곳에서는 거의 숨을 쉴 수도 없는 지경이었기 때문이다. 숨이 막혀 죽을 것 같은 상황에서도, 그는 툭 튀어나온 눈으로 아무것도 모르는 여동생이 자기가 먹다 남긴 음식은 물론 입에 대지도 않은 음식마저 빗자루로 쓸어 담아 이제 먹을 수 없다는 듯이 재빨리 통 속에 쏟아서 나무 뚜껑으로 덮은 후 밖에 내다 버리는 모습을 지켜보았다. 여동생이 돌아서자마자 그레고르는 소파 밑에서 기어 나와 몸을 죽 뻗고 배를 부풀렸다.

이제 그레고르는 매일 이런 식으로 두 차례씩 음식을 받아먹었다. 첫 번째는 부모님과 하녀가 일어나지 않은 아침 시간이었고, 두 번째는 식구들이 함께 점심 식사를 하고 난 후였다. 점심 식사 이후에 부모님은 잠깐 낮잠을 즐겼고 하녀는 여동생이 심부름을 내보냈다. 분명히 부모님도 그레고르가 굶어 죽는 것을 원하지는 않겠지만, 그레고르의 식사에 대해 전해 듣는 그 이상의 것은 차마 견딜 수 없었을지도 모른다. 여동생 역시 부모님의 비통한 심정을 조금이나마 덜어 주고자 했을 것이다. 이 상황에서 사실 충분히 고통받고 있는 사람은 바로 그레고르의 부모님이었기 때문이다.

첫날 오전에 어떤 핑계로 의사와 열쇠쟁이를 돌려보냈는지 그레고르는 전혀 알 수 없었다. 그의 말을 알아듣지 못했기 때문에 식구들 가운데 그 누구도, 여동생마저도 그가 다른 사람의 말을 알아들을 수 있으리라고는 전혀 생각하지 못했기 때문이다. 그래서 그는 여동생이 자기 방에 와 있을 때도 여기저기에서 그녀가 한숨 쉬는 소리와 성자(聖者)들을 불러 대는 소리를 듣는 것만으로 만족해야 했다. 그녀가 어느 정도 이 모든 것에 익숙해졌을 때에야 비로소 — 물론 완전히 익숙해진다는 것은 절대 불가능하겠지만 — 그레고르는 우호적인 말들 또는 그런 뜻으로 해석할 수 있는 발언을 들을 수 있었다. 그가 음식을 모두 다 먹어 치우면 여동생은 "오늘은 맛있게 먹었네."라고 말했고, 점점 빈번해졌던 그 반대의 경우에는 언제나 슬픈 표정을 지으며 이렇게 말하곤 했다. "또 음식을 다 남겼네."

새로운 소식을 직접 들을 수는 없었지만 그레고르는 여러 차례 옆방에서 들려오는 소리로 소식을 접했다. 일단 목소리가 들리기만 하면 그는 곧장 문 쪽으로 달려가 몸을 바짝 갖다 댔다. 특히 초기에는 오로지 은밀하게만 이루어진 대화였지만, 어떤 식으로든 그에 관해 이야기하지 않은 적이 없었다. 처음 이틀 동안은 식사 때마다 이제 어떻게 살아야 할지 상의하는 소리가 들렸다. 식사 시간 사이사이에도 똑같은 주제를 놓고 대화는 계속 오갔다. 가족 가운데 적어도 두 사람은 항상 집에 있었는데, 그 누구도 혼자 집에 있으려 하지 않았고 그렇다고 집을 완전히 비워 놓을 수도 없는 노릇이었기 때문이다. 하녀 역시 바로 당일 — 그녀가 이 사건에서 무엇을 얼마나 알고 있는지는 분명치 않았다. — 어머니에게 당장 내보내 달라고 무릎을 꿇고 간절히 애원했으며, 그로부터 15분 후 작별을 고하면서 이렇게 이 집을 떠나게 한 것이 자기에게 베푼 최고의 시혜라도 되는 양 눈물을 흘리면서 고맙다는 인사를 했다. 부탁하지도 않았는데 결단코 그 누구에게 어떤 이야기도 발설하지 않겠다며 꽤나 엄숙하게 맹세하기까지 했다.

이제 여동생이 어머니와 함께 요리도 해야 했다. 물론 그다지 힘든 일은 아니었다. 식구들이 거의 먹지 않았기 때문이다. 그레고르는 언제나 한 사람이 다른 사람에게 공연히 음식을 권하면 상대방은 "됐어요, 고마워."라고 한다든가 그와 비슷한 대답만 하는 상황이 되풀이된다는 것을 알았다. 가족들은 아무것도 마시지 않았다. 종종 여동생이 아버지에게 맥주를 권하며 손수 사오겠다고 진심으로 자청해도 아버지는 아무런 말을 하지 않았다. 여동생은 아버지가 주저 없이 결정할 수 있도록 파출부를 대신 보낼 수 있다고 말했지만, 아버지가 커다란 목소리로 "아니다."라고 거절하면 더는 그 이야기를 꺼내지 않았다.

첫날부터 이미 아버지는 어머니와 여동생에게 현재 집안의 재정 형편과 전망에 대해 설명했다. 그리고 이따금씩 식탁에서 일어나 작은 비밀 금고에서 증서와 장부를 꺼내 왔다. 그 비밀 금고는 5년 전 아버지의 사업이 망했을 때 건진 것이었다. 아버지가 복잡해 보이는 자물쇠를 열고 찾던 것을 꺼낸 다음, 다시 금고 문을 잠그는 소리가 들렸다. 아버지의 설명 중 몇 가지는 부분적으로 그레고르가 방에 갇힌 이후로 처음 듣는 희소식이었다. 그레고르는 사업을 하다 망한 아버지에게는 단 한 푼도 남은 것이 없는 줄 알았다. 적어도 아버지는 그에게 이것을 부인하지 않았고, 그레고르 역시 아버지에게 그에 관해 묻지 않았다. 당시 그레고르의 관심사는 가족 모두를 완전한 절망 상태로 몰아넣은 사업 실패를 가족들이 최대한 빨리 잊을 수 있도록 전력을 쏟는 것뿐이었다. 그래서 그는 열성을 다해 일을 시작했고, 순식간에 별 볼 일 없는 점원에서 외판 사원이 된 것이다. 당연히 외판 사원에게는 돈을 더 벌 수 있는 기회가 많았다. 실적은 즉각 현금 배당으로 돌아왔고, 집에 와서 그 돈을 식탁 위에 펼쳐 놓으면 가족들은 놀라워하면서도 매우 기뻐했다. 그때가 정말 좋은 시절이었다. 그 후에도 그레고르는 모든 가족의 생활비를 감당할 수 있었고 또 실제로 그렇게 했을 정도로 돈을 많이 벌긴 했지만, 찬란했던 그 시절은 두 번 다시 찾아오지 않았다. 가족이나 그레고르 모두 그런 생활에 그저 익숙해졌던 것이다. 가족은 고마운 마음으로 돈을 받았고 그레고르도 기꺼이 돈을 내놓았지만 그 이상의 특별한 온정은 없었다. 그래도 여동생만은 그레고르 마음 가까이에 있었다. 자신과는 달리 음악을 아주 좋아하고 바이올린을 감동적으로 연주할 줄 아는 여동생을, 비용과 상관없이 내년에 음악 학교에 보내려는 것이 그의 비밀스러운 계획이었다. 학비야 어차피 많이 들어갈 수밖에 없겠지만 어떻게든 만들면 될 테니 말이다. 그레고르가 집에 잠깐 머무는 동안에 종종 여동생과 대화를 나눌 때면 음악 학교 이야기가 오가곤 했지만 언제나 그것은 이루기 힘든 아름다운 꿈일 뿐, 부모님도 그런 순진한 말을 듣는 것 자체를 싫어했다. 하지만 그레고르에게는 그에 대한 단호한 의지가 있었으며, 크리스마스 저녁에 그 계획을 엄숙하게 발표할 작정이었다.

문에 똑바로 붙어 서서 귀를 기울이고 있는 동안 지금 상태로는 아무 소용없는 생각들이 그의 머리를 스쳐 지나갔다. 더는 아무런 소리도 들을 수 없을 정도로 너무나 피곤해져서 조심성을 잃고 몇 번이나 머리를 문에 부딪치기도 했지만 그때마다 즉시 다시 자세를 바로잡았다. 그럴 때 생기는 작은 소리조차 옆방에 들려서 식구들이 하나같이 입을 다물었기 때문이다. 그러고 나면 잠시 뒤 아버지가 문 쪽으로 확실하게 몸을 돌려 "저 애가 무슨 짓거리를 하는가 보구나."라고 말했고 그런 다음에야 중단했던 대화를 서서히 재개했다.

그레고르는 이제 ─ 한편으로는 아버지가 그런 이야기를 해본 지가 이미 너무 오래되었고, 다른 한편으로는 어머니가 모든 말을 한 번에 다 알아듣지 못해 아버지가 재정 형편에 대해 같은 말을 자주 되풀이했기 때문에 ─ 이 모든 불행에도 불구하고 적게나마 옛날 재산이 아직 남아 있고, 그동안 이 돈에 손대지 않아 그사이 이자가 좀 불어났다는 사실을 정확히 알게 되었다. 게다가 그레고르가 매달 집으로 갖다 준 돈을 ─ 그 자신은 이 가운데서 몇 푼밖에 쓰지 않았다. ─ 전부 다 쓰지 않고 남겨 둔 덕에 돈도 제법 모인 상태였다. 문 뒤에서 그레고르는 열심히 고개를 끄덕이며 전혀 예상치 못한 선견지명과 검소함에 대해 기뻐했다. 사실 이 돈으로 아버지가 사장에게 진 빚을 계속 갚을 수도 있었을 테고, 그랬더라면 그가 직장에서 벗어날 그날이 훨씬 앞당겨졌을지 모를 일이었다. 하지만 지금으로서는 아버지의 결정이 분명 더 나은 선택이었다.

하지만 그 정도 돈은 가족이 이자를 받아 생활하기에는 턱없이 부족한 액수였다. 아마 한두 해 정도 생활비는 되겠지만 그 이상은 아니었다. 결국 그 돈은 함부로 건드릴 것이 아니라 만일을 대비해 남겨야 할 비상금일 뿐, 생활비는 따로 벌어야 했다. 아버지는 아직 건강하기는 하지만 지난 5년 동안 아무 일도 하지 않았으며 어쨌든 많은 것을 기대할 수 없는 노인이었다. 고생은 많이 했지만 이룬 게 없었던 그의 인생에서 첫 휴식기였던 이 5년 동안, 아버지는 살이 너무 많이 쪄서 제대로 움직이지도 못했다. 그러면 나이 든 어머니가 돈을 벌어야 할까? 어머니는 천식을 앓고 있어 집 안을 돌아다니는 일조차 힘에 부쳐 했고, 호흡 장애 때문에 하루걸러 한 번씩 창문을 열고 소파에 누워 시간을 보내야 하는 신세였다. 그럼 여동생이 돈벌이에 나서야 한단 말인가? 여동생은 아직 열일곱 살밖에 안 된 어린애일 뿐이어서 그저 예쁜 옷이나 입고, 잠이나 실컷 자고, 간혹 집안일을 조금 거들고, 소소한 몇몇 놀이 모임에 어울릴 뿐인, 무엇보다 바이올린 연주가 삶의 전부인 아이였다. 가족의 대화가 돈을 반드시 벌어야 한다는 데에 이르게 되면, 그레고르는 우선 붙들고 있던 문을 놓고 그 옆에 놓인 서늘한 가죽 소파에 몸을 던졌다. 창피하고 슬픈 마음에 온몸이 달아올랐기 때문이다.

종종 그는 소파에 누워서도 밤새 잠을 한숨도 이루지 못하고 몇 시간 동안 가죽만 긁어 대기도 했다. 아니면 엄청난 수고도 마다하지 않고 의자를 창문으로 밀고 가서는 벽을 기어올라 의자에 몸을 지탱한 채 창가에 기대어 있기도 했다. 아마도 이때 그는 예전에 창밖을 내다보면서 느꼈던 해방감을 떠올리며 추억에 잠겨 있었을 것이다. 시간이 지날수록 얼마 떨어져 있지 않은 사물조차 점점 흐릿하게 보였기 때문이다. 너무 자주 봐서 전에는 지긋지긋하기만 했던 맞은편 병원만 해도 더 이상 그의 시야에 들어오지 않았고, 조용하기는 하지만 아주 도회적인 샤로텐 가(街)에 살고 있다는 사실을 정확히 알고 있지 못했더라면 그는 아마 창밖에는 잿빛 하늘과 잿빛 땅이 구분 없이 하나로 뒤섞인 황무지만 있다고 생각했을 것이다. 의자가 창가에 놓여 있는 모습을 단 두 번 보았을 뿐인데, 세심한 여동생은 그 후로 방을 정리한 뒤에는 매번 의자를 창가에 밀어다 놓았고 그다음부터는 여닫이 창문의 안쪽 짝을 열어 놓기까지 했다.

여동생과 이야기를 나누면서 그녀가 자신을 위해 해야 했던 모든 일에 고마움을 전할 수만 있었더라도, 그는 여동생의 봉사를 편한 마음으로 받아들였을 것이다. 하지만 그럴 수 없었기에 그는 괴로웠다. 여동생도 이런 괴로운 상황이 주는 고통을 될 수 있는 대로 지워 없애려 했다. 물론 그녀는 시간이 갈수록 이 고통을 더 잘 잊을 수 있었다. 그레고르도 시간이 지남에 따라 모든 상황을 더 정확하게 꿰뚫게 되었다. 일단 여동생이 들어오는 것부터가 그에게는 끔찍한 일이었다. 예전에는 그레고르의 방을 아무도 들여다보지 못하게 그토록 신경을 쓰던 여동생은 이제는 방에 들어서자마자 문 닫을 겨를도 없이 곧장 창문으로 달려갔다. 마치 숨이 막혀 금방이라도 죽을 것 같다는 듯 황급히 손을 뻗어 창문을 활짝 열고는, 날씨가 아무리 쌀쌀해도 잠깐 동안은 창가에 멈춰 서서 숨을 깊이 내쉬었다. 그녀는 하루에 두 번씩 이렇게 야단법석으로 뛰어다니며 그레고르를 놀라게 했다. 그레고르는 그 시간 내내 소파 밑에서 벌벌 떨어야 했다. 하지만 그는 여동생이 지금 이 방에서 창문을 닫고도 자신과 나란히 머무를 수만 있었다면 분명히 이렇게까지 성가시게 굴지는 않았을 거라고 생각하며 그녀를 이해하려고 했다.

그레고르가 변신한 지도 어느덧 한 달가량이 지나 이제 여동생이 그레고르의 모습을 봐도 더 이상 특별히 놀랄 만한 이유가 없을 무렵이었다. 이날 여동생은 평소보다 조금 일찍 왔고 그 바람에 그레고르가 사람을 놀래기 딱 좋은 자세로 꼼짝 않고 똑바로 서서 창밖을 바라보고 있는 모습을 목격하고 말았다. 애초에 여동생이 창문을 여는 데 방해가 되는 위치에 그가 서 있었기 때문에 그녀가 방으로 들어오지 않는다고 해도 그레고르로서는 전혀 놀랄 일이 아니었다. 하지만 여동생은 단지 들어오지 않은 것뿐만 아니라, 은근슬쩍 뒤로 돌아 물러서더니 문을 닫기까지 했다. 모르는 사람이 보면 분명 그레고르가 몰래 숨어 있다가 그녀를 깨물기라도 하려던 줄로 알았을 것이다. 물론 그레고르는 곧장 소파 밑으로 들어가 숨었다. 점심때가 되어서야 여동생이 다시 들어오는 것이 보였는데, 그녀는 평소보다 훨씬 더 불안해 보였다. 이로써 그레고르는 지금 자신의 모습을 보는 것이 여동생에게는 여전히 견디기 힘든 일이고 앞으로도 그럴 수밖에 없으리라는 사실을 알게 되었다. 또한 소파 밑에 삐쭉 튀어나온 자기 몸의 극히 일부분을 보고도 도망치지 않으려면, 그녀가 엄청난 인내심을 발휘해야만 한다는 사실도 깨달았다. 그리하여 그는 여동생에게 자신의 모습을 보여 주지 않으려고, 어느 날 등에 침대보를 짊어지고 소파로 옮겨서 — 이 일을 하는데 네 시간이나 걸렸다. — 여동생이 몸을 굽히더라도 보이는 게 없도록 침대보를 펼쳐 몸을 가렸다. 만약 여동생이 이 침대보가 필요 없다고 생각한다면 얼마든지 걷어 버릴 수도 있을 것이다. 왜냐하면 누군가의 눈에 띄지 않을 정도로 자신의 몸을 완전히 가리는 일이 그레고르에게도 즐거울 턱이 없다는 것쯤은 누구나 알 만한 사실이었기 때문이다. 하지만 여동생은 삼베로 된 이 침대보를 그냥 그대로 놔두었다. 그레고르는 여동생이 새로운 방 배치를 어떻게 생각하고 있는지 한번 살펴보려고 머리를 들어 침대보를 조심스럽게 약간 들어 올렸는데, 그때 꼭 고마움이 담긴 여동생의 눈길을 본 것 같다는 생각마저 들었다.

처음 2주 동안 부모님은 그레고르의 방에 들어올 엄두도 내지 못했다. 그레고르는 여동생이 지금 하고 있는 일들에 대해 부모님이 전적으로 인정하는 소리를 자주 들었다. 이제껏 여동생을 그다지 쓸모없는 계집애쯤으로 여기고 있었기 때문에, 부모님은 그녀에게 화만 자주 내는 편이었다. 그런데 이제 어머니와 아버지 두 사람은 여동생이 그레고르의 방을 정리하는 동안 그 방 앞에서 기다리고 있을 때가 많았다. 그리고 여동생은 방에서 나가기가 무섭게 방 안 상황이 어떤지, 그레고르는 무엇을 먹었는지, 이번에는 그가 어떤 행동을 했는지, 혹시 조금이라도 나아진 기미는 없었는지 등을 두 사람에게 아주 소상하게 설명해야 했다. 어쨌든 어머니는 가급적 빨리 그레고르를 보고 싶어 했지만, 그러면 아버지와 여동생이 적당한 이유를 들어 말렸다. 그레고르가 들어도 충분히 공감이 가는 이유였다. 하지만 나중에는 어머니를 억지로 말려야 했는데 그때마다 어머니는, "그레고르를 보게 해줘요, 불쌍한 내 아들이란 말이에요! 그 애한테 가야만 한다는 걸 왜 이해하지 못하는 거예요?"라고 소리쳤다. 그리고 그레고르는, 물론 매일은 아니더라도 일주일에 한 번 정도는 어머니가 들어오는 것도 나쁘지 않다고 생각했다. 무슨 일이든 여동생보다는 어머니가 더 잘 이해할 것이다. 물론 용기는 가상하지만 여동생은 아직 어린애였고, 무엇보다 어쩌면 어린 마음에서 그토록 힘든 일을 떠맡았을 수도 있었기 때문이다.

어머니를 보고 싶은 그레고르의 소망은 곧 이루어졌다. 그레고르는 부모님의 심정을 헤아려 낮에는 창가에 모습을 드러내지 않았으나 얼마 안 되는 방바닥을 하염없이 기어다니기만 할 수도 없었다. 아무것도 하지 않고 가만히 누워만 있는 일은 이미 밤 시간만으로도 견디기 힘들 정도였고, 먹는 것도 이제는 전혀 즐겁지 않았다. 그러다가 기분 전환 삼아 벽과 천장을 가로질러 기어다니는 습관이 생겼다. 천장에 매달려 있을 때가 특히 좋았는데, 바닥에 누워 있는 것과는 전혀 다른 기분이 들었다. 숨 쉬기가 훨씬 자유로웠고, 가볍게 흔들리는 느낌이 온몸에 전해졌다. 한번은 천장에 매달려 있는 것이 너무나 행복했던 나머지, 흥분을 주체하지 못하고 저도 모르게 발을 떼는 바람에 큰 소리를 내며 바닥으로 떨어져 깜짝 놀랐던 적도 있었다. 하지만 이전과는 달리 이제는 그레고르가 자신의 몸을 마음대로 움직일 수 있게 되어서 그렇게 심하게 떨어져도 다치는 일은 없었다. 여동생은 그레고르가 새로운 소일거리를 찾아냈음을 곧바로 알아차리고 — 그가 돌아다니면서 여기저기에 점액질의 흔적을 남겼기 때문이다. — 그가 마음대로 기어다니는 데 장애가 될 만한 가구들, 특히 옷장과 책상을 치워 주기로 마음먹었다. 그런데 이 일을 그녀 혼자 감당할 수는 없었다. 아버지에게 감히 도움을 청할 생각은 할 수도 없었고, 하녀도 도와주지 않을 것이 분명했다. 열여섯 살인 하녀는 지난번 가정부가 그만둔 이후 그럭저럭 잘 버티고 있긴 했지만, 부엌문은 평소에 계속 잠가 놓았다가 특별히 심부름할 일이 있을 때만 열도록 허락해 달라고 애원하던 참이었다. 결국 여동생은 아버지가 안 계신 틈을 타 어머니에게 도움을 청할 수밖에 없었다. 어머니는 환희의 함성을 지르며 다가왔지만, 막상 그레고르의 방문 앞에 이르러서는 입을 다물었다. 여동생이 먼저 방에 별다른 이상이 없는지 살펴본 다음 어머니를 들어오게 했다. 다급해진 그레고르가 침대보를 밑으로 바싹 당겨서 주름이 많이 지도록 만들자, 마치 소파 위에 우연히 침대보를 던져 놓은 듯한 모양새가 되었다. 그레고르는 이번에는 침대보 밑에서 염탐하지 않았다. 이 기회에 어머니를 보겠다는 마음은 포기했지만 어머니가 왔다는 사실만으로 무척 기뻤다. "들어오세요, 오빠는 보이지 않아요." 여동생은 이렇게 말하면서 어머니의 손을 잡아 이끌고 있는 것이 틀림없었다. 그레고르의 귓가에 힘없는 두 여자가 꽤나 무겁고 낡은 옷장을 옮기는 소리가 들렸다. 혼자 무리할까 봐 걱정하는 어머니의 경고에도 아랑곳없이 여동생은 일을 대부분 도맡아서 해냈다. 그 일은 꽤나 오래 걸렸다. 일을 시작한 지 15분이 지나자, 어머니는 차라리 옷장을 원래대로 그냥 놔두는 편이 낫겠다고 말했다. 옷장이 너무 무거워서 아버지가 오기 전까지 다 마무리할 수 없을 텐데, 그렇게 되면 옷장이 방 한가운데에 놓여 그레고르가 다니는 길을 막을 것 같다는 것이 첫 번째 이유였고, 두 번째 이유는 가구 치우는 일을 과연 그레고르가 좋아할지 전혀 모르겠다는 것이었다. 어머니는 그 반대라고 생각하는 듯했다. 텅 빈 벽을 보고 있자니 자신도 이렇게 마음이 아픈데 그레고르라고 왜 이런 기분이 들지 않겠느냐는 말이었다. 게다가 그레고르는 방 안 가구에 오랜 시간 익숙해져 있는데 이것들을 치우면 그가 빈 방에 홀로 버림받았다고 느낄 수도 있는 일이었다. "그렇지 않겠니." 어머니는 거의 속삭이듯 낮은 목소리로 말을 맺었다. 지금 그레고르가 어디 있는지 정확히 모르는 어머니는 아들이 자기 말을 알아듣지 못한다고 확신하고 있었기 때문에 목소리의 울림조차 들려주지 않으려는 듯했다. "가구를 치우면 우리가 자기에 대한 희망을 포기하고 무정하게 그냥 방치하겠다는 의도를 보이는 꼴이 되지 않겠니? 내 생각에는 이 방을 원래 모습 그대로 두는 편이 가장 좋을 것 같구나. 그래야 그레고르가 다시 우리 곁으로 돌아왔을 때 모든 것이 변함없다 생각하고 그동안의 시간을 더 쉽게 잊을 수 있을 거야."

어머니의 말을 듣다 보니 그레고르는 가족들 가운데서 단조롭게 사느라 인간들과 직접적인 대화를 나누지 못했던 지난 두 달 동안 자신의 생각이 뒤죽박죽된 느낌이었다. 이것 외에는 어떻게 그가 자기 방이 텅 비길 진심으로 바랄 수 있었는지를 달리 설명할 길이 없었기 때문이다. 대대로 물려받은 가구가 놓여 있는 이 따뜻한 방을, 사방으로 방해받지 않고 기어다닐 수는 있겠지만 동시에 인간으로 지낸 과거를 재빨리 그리고 깡그리 망각하게 할 동굴로 바꿀 마음이 그에게 정말 있었을까? 벌써 과거를 잊을 때가 온 것 아닌가? 다만 오랫동안 듣지 못했던 어머니의 목소리가 그의 마음속에서 그가 인간이라는 사실을 흔들어 깨웠을 뿐이다. 아무것도 치워서는 안 되고, 모든 것을 그대로 두어야 한다. 가구들이 지금 자신의 상태에 미치는 유익한 효과를 그는 포기할 수 없다. 설령 가구가 무의미하게 기어다니는 일에 방해가 된다 하더라도 그것은 결코 손해가 아니라 아주 큰 이득이었다.

그렇지만 유감스럽게도 여동생의 생각은 달랐다. 물론 전적으로 부당한 태도도 아니었지만, 그레고르의 문제를 논의할 때마다 그녀는 부모님 앞에서 특별한 전문가처럼 행세하곤 했다. 그래서 지금 어머니의 이충고는 도리어 여동생에게 처음에 치우려고 마음먹었던 옷장과 책상뿐만 아니라, 꼭 필요한 소파를 뺀 나머지 모든 가구를 전부 다 치워야 한다고 주장하는 충분한 이유가 되었다. 물론 그녀가 이런 주장을 하게 된 이유가 단순히 어린애 같은 반항심이나 최근에 전혀 예기치 않게, 그리고 힘들게 얻게 된 자신감 때문만은 아니었다. 실제로 여동생은 그레고르가 기어다니려면 넓은 공간이 필요할 뿐 가구 따위는 전혀 쓸모없다는 사실을 눈여겨보았던 것이다. 어쩌면 무언가에 빠지면 끝장을 봐야 직성이 풀리는 그 나이 또래 여자 아이들의 광적인 성향도 한몫한 것 같은데, 그 덕분에 그레테는 그레고르의 현재 상황을 더 끔찍하게 만들어서 그를 위해 이제까지보다 더 많은 일을 할 모양이었다. 아무것도 없이 텅 빈 벽을 그레고르 혼자 기어다니는 그런 방에 그레테 이외에는 누구도 감히 들어갈 엄두조차 내지 못할 테니까 말이다.

　　어머니의 만류에도 여동생은 단념하지 않았다. 방 안에 있는 것만으로도 그저 불안해 어찌할 바를 몰라 하던 어머니는 곧 입을 다물고는 옷장을 들어내는 여동생을 돕는 일에 있는 힘을 다했다. 그레고르로서는 아쉬운 대로 옷장 없이는 지낼 수 있다 쳐도 책상만은 양보할 수 없었다. 두 여자가 몸을 바싹 붙인 채 끙끙대며 옷장을 들고 방을 나가자, 그레고르는 이 일에 조심스럽고도 신중하게 개입할 방법이 있는지 살펴보려고 소파 밑에서 머리를 내밀었다. 하지만 불행하게도 먼저 방으로 돌아온 사람은 어머니였다. 여동생은 옆방에서 꼼짝달싹하지 않는 옷장을 혼자 감싸안아 이리저리 흔들고 있었다. 그레고르의 모습에 익숙하지 않은 어머니가 그를 보았다가는 틀림없이 몸져누울 것이다. 그레고르는 깜짝 놀라서 다급하게 소파의 반대편 가장자리까지 도망갔다. 하지만 침대보 앞쪽이 약간 흔들리는 것까지 막을 도리는 없었다. 그것만으로도 어머니의 눈길을 끌기는 충분했다. 어머니는 들어오던 걸음을 멈추고 잠깐 동안 아무 말 없이 서 있다가 곧 그레테에게 돌아갔다.

　그레고르는 단지 가구 몇 점의 자리를 바꾸는 것일 뿐 별일 아니라고 거듭 중얼거렸다. 하지만 두 여자가 이리저리 왔다 갔다 하는 소리, 조그맣게 서로를 부르는 소리, 바닥에 가구 긁히는 소리가 그에게는 사방에서 밀려오는 엄청난 소동처럼 느껴졌다. 그래서 그는 머리와 다리를 웅크리고 몸을 바닥에 바짝 붙였지만, 이대로는 오래 견딜 수 없을 것 같다고 스스로에게 중얼거릴 수밖에 없었다. 어머니와 여동생은 그의 방을 말끔히 치우면서 그가 좋아하는 것을 모조리 없애고 있었다. 그들은 벌써 작은 실톱과 다른 공구들이 들어 있는 서랍장까지 내다 놓았고 방바닥에 단단히 고정되어 있었던 책상, 그러니까 그가 상업 전문 대학, 고등학교, 심지어 초등학교에 다닐 때에도 앉아서 숙제를 하곤 했던 그 책상마저 흔들어 빼내려고 했다. 이제는 두 여자에게 정말 선의가 있는지 생각할 겨를이 없었다. 게다가 그는 지금 두 사람의 존재를 거의 잊고 있었다. 그들은 너무 지쳐서 말없이 일에만 열중했기 때문이다. 가끔씩 무겁게 움직이는 발자국 소리만 들려올 뿐이었다.

　그래서 그는 곧장 밖으로 나와 — 마침 두 여자는 숨을 좀 돌리려고 옆방 책상에 기대어 있었다. — 방향을 네 번이나 바꾸며 이리저리 달렸다. 어느 것부터 먼저 구해야 할지 도무지 알 수 없었다. 그때 이미 텅 비어 버린 벽 위로 몸 전체를 온통 모피 옷으로 감싼 여자 그림이 그의 눈에 들어왔다. 그는 그 위로 황급히 기어올라가 유리에 몸을 밀착했다. 유리가 그의 몸에 딱 붙으면서, 그의 따뜻한 배에 기분 좋은 느낌이 전해졌다. 최소한 그레고르가 지금 완전히 덮어 가리고 있는 이 그림만큼은 어느 누구도 빼앗지 못할 것이다. 그레고르는 거실 문 쪽으로 머리를 돌려 여자들이 돌아오는지 살폈다.

두 사람은 그리 오래 쉬지 않고 다시 돌아왔다. 그레테는 팔로 어머니를 감싸며 거의 안고 오다시피 했다. "그럼 이제 무얼 옮길까요?" 하며 그레테는 주변을 둘러보았다. 그런데 그때 그녀의 눈길이 벽에 붙어 있는 그레고르의 시선과 마주쳤다. 순전히 옆에 있는 어머니 덕분인 듯, 여동생은 태연자약하게 얼굴을 어머니 쪽으로 숙여서 그녀가 주위를 살펴보지 못하게 막았다. 그러고는 약간 떨리는 목소리로 무턱대고 말을 꺼냈다. "가요, 우리 잠깐 거실로 나가는 게 좋겠어요." 여동생이 방금 어떤 의도로 그런 말을 했는지 그레고르의 눈에는 뻔히 보였다. 그녀는 먼저 어머니를 안전하게 모셔다 놓고 그레고르를 벽에서 쫓아낼 셈이었다. 그래, 그럼 어디 한번 해보라지! 그는 깔고 앉은 이 그림을 결코 순순히 넘겨주지 않을 작정이었다. 그럴 바에는 차라리 그레테의 얼굴로 뛰어들며 덤벼들리라.

하지만 그레테의 이 말이 그야말로 어머니를 불안하게 만들었다. 어머니는 옆으로 비켜서면서 꽃무늬 벽지에 붙어 있는 커다란 갈색 얼룩을 보고 말았다. 그녀는 방금 본 것이 그레고르였다고 분명히 깨닫기도 전에 쉰 목소리로 "하느님! 오, 하느님!" 하고 울부짖더니 마치 모든 것을 포기한 듯 두 팔을 벌리고 소파 위로 쓰러져 미동도 하지 않았다. "아, 오빠!" 여동생은 주먹을 쳐들고 매서운 눈빛을 쏘아 대며 소리쳤다. 그것은 변신한 이후 여동생이 그레고르에게 직접 던진 최초의 말이었다. 여동생은 실신한 어머니를 깨울 약을 가져오려고 옆방으로 뛰어갔다. 그레고르도 돕고 싶었으나 ─ 그림을 구할 시간은 아직 있었다. ─ 몸이 유리에 딱 붙어 있어서 억지로 떨어져 나올 수밖에 없었다. 그런 다음 그레고르는 자신이 예전처럼 여동생에게 조언이라도 할 수 있다는 듯 그녀를 따라 옆방으로 달려갔다. 하지만 그는 하릴없이 여동생 뒤에 서 있을 수밖에 없었다. 그녀는 온갖 약병을 이리저리 뒤적이다가 뒤를 돌아보더니 화들짝 놀랐다. 약병 하나가 바닥에 떨어져 깨지면서 파편 하나가 그레고르의 얼굴로 튀어 상처를 냈다. 그리고 이름 모를 부식성 약품이 그에게로 흘러내렸다. 그레테는 더 오래 지체하지 않고 최대한 많이 약병을 집어 들고 어머니에게로 달려가면서 발로 문을 닫았다. 그레고르는 이제 자기 잘못 때문에 사경을 헤매고 있을지도 모르는 어머니와 차단되었다. 어머니 곁을 지켜야 하는 여동생마저 쫓아낼 수는 없으니 문을 열어서도 안 되었다. 이제 기다리는 일 외에는 아무것도 할 수 없었다. 그는 자책과 걱정에 사로잡혀 이리저리 기어다니기 시작했다. 벽, 가구, 천장 할 것 없이 방 안 구석구석을 돌아다니다가, 마침내 방 전체가 그를 중심으로 빙빙 돌기 시작했을 때 그는 절망에 빠져 큰 식탁 한가운데로 떨어지고 말았다.

잠시 시간이 흘렀다. 그레고르는 맥이 빠진 채 나동그라져 있었고, 주변은 조용했다. 그것은 어쩌면 좋은 징조였다. 그때 초인종이 울렸다. 하녀는 당연히 부엌에 틀어박혀 있을 테니 그레테가 문을 열러 가야 했다. 아버지가 온 것이다. "무슨 일이야?" 이것이 아버지의 첫마디였다. 아마 그레테의 표정을 보고 모든 사태를 파악한 것 같았다. 그레테가 먹먹한 목소리로 대답하는 것이 분명 아버지의 가슴에 얼굴을 파묻은 모양이었다. "엄마가 기절하셨는데, 이제 좀 나아지셨어요. 오빠가 불쑥 튀어나왔거든요." "내 그럴 줄 알았어. 내가 계속 이야기를 했는데 두 사람은 듣지도 않더니만." 하고 아버지가 말했다. 아버지는 그레테가 너무나 짧게

줄여 전달한 내용을 나쁜 쪽으로 해석하여, 마치 그레고르가 무슨 폭력이라도 휘둘렀다고 생각한 것이 분명했다. 하지만 오해를 해명할 시간도 그렇게 할 가능성도 없었기 때문에, 그레고르는 당장 아버지를 진정시키기 위해 애를 써야 했다. 그래서 그는 방문 가까이로 피해서 문에다 몸을 바싹 붙이고 있었다. 자신은 방으로 물러가려는 최선의 의도를 갖고 있으니 억지로 쫓아낼 필요 없고, 문만 열어 주면 곧 사라지겠다는 뜻을 아버지가 복도로 들어오자마자 바로 알 수 있도록 하려는 생각이었다.

그렇지만 아버지는 그러한 세심한 마음까지 헤아릴 기분이 아니었다. 그는 안으로 들어서자마자 분노와 기쁨이 동시에 배어 있는 어조로 "아!" 하고 소리쳤다. 그레고르는 문에서 머리를 떼어 아버지 쪽을 향해 쳐들었다. 그로서는 지금 눈앞에 서 있는 아버지의 모습 같은 건 정말 상상도 하지 못했다. 물론 그는 최근 새로운 방식으로 기어다니는 데 정신이 팔려 예전처럼 이런저런 집안일에 미처 신경을 쓰지 못했다. 그는 당연히 변화된 상황에 대처할 준비를 하고 있어야 했다. 그럼에도, 아무리 그래도, 저 사람이 정말 아버지란 말인가? 예전에 그레고르가 출장을 떠날 때면 피곤한 모습으로 침대에 파묻힌 듯 누워 있던 분, 저녁에 집으로 돌아왔을 때는 잠옷 바람으로 일어날 기운도 없는지 등받이 의자에 앉아서 반갑다는 표시로 그저 손만 들어 올려 맞아 주던 분, 1년에 몇 차례 일요일이나 기껏해야 휴일에 가족 모두가 함께 산책이라도 나갈 때면 원체 느리게 걷는 그레고르와 어머니 사이에서 낡은 외투로 몸을 꽁꽁 동여매고는 티(T) 자형 지팡이로 앞을 조심스럽게 더듬거리며 항상 더 천천히 걸었던 분, 그러다가 하고 싶은 말이 있으면 대부분 언제나 곧바로 멈추어 서서 같이 걷던 가족들을 불러 모았던 바로 그분과 똑같은 사람이란 말인가? 그런 아버지가 지금 꼿꼿한 자세로 당당히 서 있는 것이다.

아버지는 은행 수위들이 입는 것 같은, 금색 단추가 달린 **빳빳한** 푸른 제복 차림이었다. **빳빳하게** 세운 상의 옷깃 위로 억세 보이는 이중 턱이 솟아 있었다. 수북한 눈썹 아래로는 빈틈없는 눈빛을 생생하게 뿜어내고 있었다. 평소에 헝클어져 있었던 흰 머리카락도 빗으로 가지런히 가르마를 타 반짝반짝 빛나고 있었다. 아버지는 아마도 어떤 은행 이름인 듯한 글자가 금박으로 새겨진 모자를 기다란 포물선을 그리듯 소파 위에 던졌다. 그러더니, 긴 제복 상의 소매를 걷어 올리고 두 손을 바지 주머니에 찔러 넣은 채 한껏 찌푸린 표정으로 그레고르에게 다가왔다. 어쩔 작정인지는 아버지 자신도 잘 모르는 듯했다. 어쨌든 아버지는 두 발을 아주 높이 쳐들었는데, 그레고르는 장화 밑창이 그토록 큰 것에 놀라움을 숨길 수 없었다. 하지만 그는 그런 것에 개의치 않았다. 새로운 삶이 시작된 첫날부터 아버지는 그를 아주 엄격하게 대하는 것이 마땅하다고 여기고 있었고 그레고르 역시 그 사실을 알고 있었다. 그는 아버지 앞에서 도망갔다가 아버지가 서면 자신도 멈추고, 아버지가 움직이면 다시 앞으로 달렸다. 이렇게 두 사람은 방을 몇 바퀴나 맴돌았으나 그 어떤 결정적인 일도 일어나지 않았다. 그리고 이 모든 일이 너무 느리게 진행되었기 때문에 추격전 같은 모양새도 아니었다. 그래서 그레고르도 일단 방바닥을 떠나지 않았는데, 무엇보다도 벽이나 천장으로 도망치면 아버지가 그 모습을 특별히 나쁜 의도가 있는 행동으로 여길까 봐 겁이 났다. 하지만 그레고르는 이런 뜀박질을 오래 할 수는 없을 것 같다고 중얼거렸다. 아버지가 한 발자국 떼는 동안에도 그는 무수히 많이 움직여야 했기 때문이었다. 게다가 벌써 심하게 숨이 차오르기 시작했다. 하기야 예전에도 폐의 상태가 완전히 믿을 만한 정도는 아니었다. 비틀거리면서도 전력을 다해 달려갔을 때 그는 이미 눈도 제대로 뜰 수 없는 상태였다. 너무나

무감각해져서, 도망치는 것 이외에 다른 탈출구는 생각할 수도 없었다. 그래서 지금 이 방이 톱니 모양으로 뾰족하게 조각된 가구들로 막혀 있긴 해도 그가 올라갈 수 있는 벽이 사방으로 비어 있다는 사실을 거의 잊고 있었다. 바로 그때 무언가가 가볍게 날아와 그의 곁에 떨어지더니 앞으로 굴러갔다. 그것은 사과였다. 곧이어 두 번째 사과가 날아왔다. 그레고르는 놀라서 멈춰 섰다. 더 이상 달아나 봐야 소용없었다. 아버지는 그에게 무차별로 사과 폭탄을 날릴 작정이었다. 그는 주방의 작은 탁자 위에 있던 과일 접시에서 사과를 꺼내 주머니 가득 채우더니, 제대로 겨냥하지도 않은 채 잡히는 대로 그레고르를 향해 연거푸 던졌다. 작고 빨간 사과들은 마치 전류가 흐르듯 바닥으로 구르면서 서로 부딪쳤다. 약하게 던진 사과 하나가 그레고르의 등을 살짝 스쳤지만, 상처를 입히지는 않고 아래로 미끄러졌다. 그런데 곧이어 날아온 사과 하나가 그레고르의 등에 제대로 박히고 말았다. 자리를 옮겨 보면 불시에 당한 이 엄청난 고통이 사라질지 모른다는 생각에 그레고르는 몸을 질질 끌어 움직여 보려 했다. 그렇지만 마치 못에 박힌 듯 꼼짝도 못 할 것 같다는 느낌이 들더니, 모든 감각이 갈피를 잃어버리며 마침내 그는 완전히 뻗어 버리고 말았다. 눈이 감기기 전 그는, 방문이 열리면서 비명을 지르는 여동생을 뒤로하고 어머니가 — 그전에 여동생이 기절한 어머니가 숨을 쉴 수 있도록 옷을 벗겨 놓았기 때문에 — 속옷 차림으로 달려오는 모습, 어머니가 아버지를 향해 달려가는 도중에 풀어진 치마들이 하나씩 바닥으로 흘러내리는 모습, 그리고 어머니가 그 치마에 걸려 비틀거리다가 아버지에게 달려들며 마치 한 몸처럼 그를 껴안더니 — 어느덧 그레고르의 시력은 망가진 뒤였다. — 아버지의 뒷머리에 매달려 그레고르를 살려 달라고 애원하는 모습을 보았다.

Ⅲ

　한 달 이상 고생했던 그레고르의 심한 부상은 ― 아무도 나서서 빼내려 하지 않았기 때문에 사과는 그의 살 속에 마치 기념물처럼 뚜렷이 박혀 있었다. ― 아버지에게마저 그레고르의 모습이 비참하고 역겹긴 하지만 그를 가족의 일원으로 받아들여야 한다는 사실을 일깨워 준 것 같았다. 이를테면 그를 적으로 대해서는 안 되며, 그에 대한 혐오감을 참고 견디는 것, 그저 별도리 없이 견디는 것만이 가족의 의무이자 계명이라고 생각하게 만든 듯했다.

　그레고르 역시 이 상처 때문에 어쩌면 운동 능력을 영영 잃어버릴지 모르고 또 지금 당장은 방을 가로질러 기어가는 일조차도 늙은 상이군인처럼 시간이 오래 걸리긴 하지만, ― 높은 곳까지 기어가는 것은 생각조차 할 수 없었다. ― 자신의 상태가 악화된 것에 대해 충분히 만족할 만한 보상을 받았다고 생각했다. 저녁 시간이 되면 그가 이미 한두 시간 전부터 예리하게 살펴보고 있던 거실 문이 활짝 열리면, 그는 거실에서는 보이지 않는 자신의 방 어두운 곳 한편에 누워서 불 켜진 식탁에 모여 앉은 식구들을 모두 볼 수도 있었고, 예전과는 다르게 어느 정도는 다들 허락한 상황에서 식구들이 나누는 이야기를 들을 수도 있었던 것이다.

　물론 그것은 더 이상 옛날의 활기 넘치는 대화, 그레고르가 작은 호텔방의 눅눅한 침구에 피곤한 몸을 던질 때마다 늘 그리워했던 그런 대화는 아니었다. 지금의 대화는 거의 대부분 아주 조용하게 오고 갔다. 아버지는 저녁을 들고 나면 의자에 앉아 금방 잠이 들었고, 그러면 어머니와 여동생은 서로에게 조용히 하라고 주의를 주었다. 어머니는 불빛 아래로 몸을 깊이 숙인 채 의상실에서 받아 온 고급 옷감을 바느질했다. 점원으로 일하게 된 여동생은 나중에 더 좋은 직장을 얻을 생각으로 저녁마다 속기술과 프랑스어를 공부했다. 가끔 아버지가 잠에서 깨어나 그사이 자신이 잠들었다는 사실을 전혀 모르는 듯 어머니에게 "당신, 오늘도 꽤 오래 바느질을 하는구려!"라고 말하고 금방 다시 잠에 빠지면 어머니와 여동생은 피곤한 표정으로 서로 미소를 교환했다.

아버지는 집에서도 제복을 벗지 않겠다고 고집을 부렸다. 그래서 잠옷이 하릴없이 옷걸이에 걸려 있는 동안, 아버지는 언제나 근무 태세를 갖추고 윗사람이 부르는 소리를 기다리고 있는 사람처럼 옷을 완전히 차려입고 그 자리에서 꾸벅꾸벅 졸았다. 그 때문에 원래도 새 옷 같지 않았던 아버지의 제복은 어머니와 여동생이 꼼꼼하게 손질을 하는데도 깨끗한 티가 나지 않았다. 때때로 그레고르는 저녁 내내, 온통 얼룩이 져 있긴 하지만 금색 단추만은 늘 반짝반짝하게 잘 닦인 옷을 입은 노인이 분명 아주 불편할 텐데도 조용히 잠들어 있는 모습을 보곤 했다.

시계가 10시를 치자마자 어머니는 낮은 목소리로 아버지를 깨워 침대로 가서 자도록 권했다. 여기서는 잠을 푹 자기가 어려운데, 아침 6시면 출근해야 하는 아버지에게 숙면은 꼭 필요했기 때문이다. 하지만 수위로 일하게 된 뒤부터 외고집이 된 아버지는 습관적으로 그 자리에서 잠이 들면서도 한사코 식탁에 남아 있겠다고 고집을 부렸다. 일단 그러고 나면 아버지의 마음을 움직여 의자에서 침대로 자리를 옮기도록 하는 일은 여간 힘들지 않았다. 그럴 때면 어머니와 여동생은 이런저런 잔소리로 아버지를 재촉해 보기도 했지만, 아버지는 15분 정도는 눈을 감고 머리를 천천히 흔들면서 일어나지 않았다. 어머니가 아버지의 소매를 잡아당기며 귓속말로 좋게 이야기해 보기도 하고 여동생도 하던 일을 멈추고 어머니를 도와 보았지만 아무 소용이 없었다. 아버지는 오히려 더 깊숙이 의자에 몸을 파묻었다. 두 여자에게 양쪽 겨드랑이 아래를 잡히고 나서야 아버지는 눈을 뜨고 어머니와 여동생을 번갈아 바라보며 "이게 바로 사는 거지. 이것이야말로 내가 예전에 누렸던 안식이구나."라고 말했다. 아버지는 두 여자의 부축을 받으면서, 마치 자기 자신이 더없이 무거운 짐이라도 되는 것 같이 귀찮아하며 몸을 일으켜 여자들이 자신을 문까지 끌고 가도록 내버려 두었다가, 방문에 이르면 그만 물러나라고 손짓을 한 뒤 혼자 걸어 들어갔다. 그래도 어머니와 여동생은 각자 바느질거리와 펜을 급히 내던지고는 계속해서 아버지를 따라가며 도우려고 했다.

　이렇듯 힘든 노동에 시달리느라고 고단한 가족 가운데 그 누가 그레고르에게 필요 이상으로 신경을 쓸 수 있을까? 살림살이는 점점 빠듯해졌다. 하녀를 내보낸 대신 흰 머리카락을 너풀거리는, 뼈대가 굵고 몸집이 큰 여자가 아침저녁으로 와서 힘든 일을 맡았으며, 다른 집안일들은 어머니가 이미 수없이 쌓인 바느질을 하면서 틈틈이 해내야만 했다. 급기야 예전에 어머니와 여동생이 행사나 축제 때 달았던 온갖 장신구들을 팔아야 하는 일까지 벌어졌다. 그레고르는 어느 날 저녁에 장신구를 팔아 얼마를 받을지 식구들이 의논하는 소리를 듣고 이런 사실을 알게 되었다. 하지만 언제나 가장 큰 푸념거리는 그레고르를 옮길 방법이 없어서 지금 형편으로는 너무 넓은 이 집을 떠날 수 없다는 것이었다. 그렇지만 그레고르는 이사를 못하는 이유가 자신에 대한 염려 때문만이 아니라는 것을 잘 알고 있었다. 사실 그를 적당한 상자에 넣고 숨 쉴 구멍 몇 개만 조금 뚫어 준다면 쉽게 해결될 수 있는 문제였다. 가족들이 집을 옮기는 일을 망설이는 진짜 이유는 오히려 모든 친척과 지인들 가운데 그 누구에게도 일어나지 않은 불행을 자기네가 겪고 있다는 생각과 그로 인해 생겨난 극도의 절망감 때문이었다. 세상이 가난한 사람들에게 요구하는 일들을 식구들은 모두 이행했다. 아버지는 말단 은행원들에게 아침 식사를 날라다 주었고, 어머니는 모르는 사람들의 속옷 바느질을 하는 희생을 치러야 했으며, 여동생도 고객의 요구에 따라 판매대 뒤에서 이리저리 뛰어다녀야 했다. 그러나 가족의 힘이 그 이상은 미치지 못했다. 아버지를 침대로 데려다 놓은 다음 어머니와 여동생이 돌아와서 일거리를 놓아두고 뺨이 맞닿을 정도로 바싹 다가앉았을 때, 그러다 어머니가 그레고르의 방을 가리키며 "그레테, 저쪽 문을 닫아라."라고 말했을 때, 두 여자가 나란히 눈물을 흘리거나 아니면 눈물조차 흘리지 않고 식탁을 응시하는 동안 그레고르가 다시 어둠 속에 남게 되었을 때, 그의 등에 난 상처는 새로 생긴 것처럼 아파 오기 시작했다.

그레고르는 며칠 밤낮을 거의 잠을 이루지 못하고 뜬눈으로 보냈다. 이따금 그는 문이 열릴 때마다 예전처럼 자기가 가족 문제를 다시 떠안아야겠다는 생각을 하곤 했다. 그의 머릿속에 사장과 지배인, 점원과 수습사원, 아둔하기 그지없는 심부름꾼, 다른 회사에서 일하는 친구 두어 명, 작은 시골 호텔의 하녀, 스치듯 지나가는 사랑스러운 추억, 그가 진지하게 그러나 너무 늦게 구혼한 적이 있는 모자 가게의 여자 경리 사원이 떠올랐다. — 이들 모두는 낯선 사람들 그리고 이미 잊어버린 사람들과 뒤섞여 나타났다. 하지만 그들은 모두 자신과 가족을 도와주기보다는 오히려 가까이하기조차 어려운 사람들인지라, 이들이 머릿속에서 사라지면 그는 기분이 좋아졌다. 그러고 나면 다시 가족을 걱정하고 싶은 기분은 사라지고, 가족들이 자신을 제대로 챙겨 주지 않는 데 대한 분노만 가득하게 되었다. 그는 당장은 배가 고프지도 않았고 또 먹고 싶은 게 무엇인지도 떠오르지 않았지만, 어쨌든 찬장으로 가서 입맛에 맞는 무언가를 찾기로 작정했다. 이제 여동생은 그레고르가 특별히 좋아할 음식이 무엇인지 전혀 생각하지 않고 아침과 점심때, 가게로 달려가기 전에 그저 급하게 마음대로 정한 음식을 그레고르의 방 안에 발로 툭 밀어 넣었다가, 저녁때가 되면 그가 음식을 맛있게 먹었건 아니면 — 대부분이 그런 경우였는데 — 전혀 입에 대지 않았건 신경 쓰지 않고 빗자루를 한 번쓱 휘둘러서 쓸어 냈다. 그녀가 매일 저녁마다 하는 방 청소도 그보다 더빠를 수는 없었다. 벽을 따라 더러운 얼룩이 띠처럼 생겼고 먼지와 쓰레기 뭉치가 여기저기 굴러다녔다. 처음에 그레고르는 여동생을 좀 나무라기 위해 그녀가 들어올 때 특히 더러운 구석에 일부러 있어 보기도 했다. 하지만 몇 주일간을 그 자리에 꼼짝하지 않고 있어 봐도 여동생의 태도는 바뀔 것 같지 않았다. 그녀 역시 그레고르와 똑같이 더러운 것을 보긴했지만, 그냥 내버려 두기로 마음먹었기 때문이었다. 물론 무엇보다 가족 전체가 예민한 상태였지만, 그녀는 그레고르의 방 청소를 혼자 도맡는 일에 유독 신경을 곤두세웠다. 한번은 어머니가 그레고르의 방을 대대적으로 청소한 적이 있었다. 대야에 물을 받아 몇 번이나 끼얹고 나서야 마칠 수 있었던 대청소였는데 — 하지만 물기가 너무 많아 그레고르는 기분이 상했고, 씁쓸한 마음에 꼼짝도 하지 않고 소파에 퍼져 누워 있었다. — 어머니는 이 일 때문에 큰 곤욕을 치러야 했다. 저녁에 그레고르의 방에 생긴 변화를 눈치챈 여동생이 몹시 기분 나빠하며 거실로 뛰어 들어오더니 어머니가 두 손을 들고 애원을 하는데도 몸부림치며 울음을 터뜨렸기 때문이다. 처음에 부모님은 놀라 — 아버지는 당연히 의자에서 벌떡 일어났다. — 어찌할 바를 모르고 쳐다보기만 하다가 점차 몸을 움직이기 시작했다. 오른쪽에서는 아버지가 그레고르의 방 청소를 왜 여동생에게 맡겨 두지 않았냐고 어머니를 나무랐으며, 왼쪽에서는 여동생이 이제 오빠 방을 청소도 못하게 한다며 고래고래 소리를 질러 댔다. 어머니는 너무 흥분해서 제정신이 아닌 아버지를 침실로 데리고 가려 하였고, 여동생은 흐느껴 우느라 온몸을 바르르 떨며 작은 두 주먹으로 식탁을 마구 내리쳤다. 그리고 그레고르는, 문을 닫아서 자신에게 이런 소란스러운 모습을 보여 주지 않으려는 생각을 하는 사람이 아무도 없다는 사실에 화가 나서 씩씩거리며 언짢아했다.

하지만 직장 일로 매우 지친 여동생이 전처럼 그레고르를 돌보기가 귀찮아졌다고 해도 어머니가 여동생 대신 나설 필요는 전혀 없었으며, 그렇다고 그레고르가 방치되지도 않았다. 이제는 파출부가 있었기 때문이다. 오랜 세월을 살아오는 동안 튼튼한 골격 덕분에 아주 지독한 일도 이겨 냈을 법한 이 늙은 과부는 그레고르를 보고도 그 어떤 혐오감도 느끼지 않았다. 한번은 호기심 때문이 아니라, 그저 우연히 그레고르의 방문을 열었다가 그와 맞닥뜨린 적이 있었다. 그때 그레고르는 너무 놀라 누가 쫓아오는 것도 아닌데 이리저리 내달리기 시작했고, 그녀도 깜짝 놀라 가슴에 두 손을 포갠 채 멍하니 서 있었다. 그때부터 그녀는 아침저녁마다 문을 조금 열어 놓고 잠깐씩 그레고르를 쳐다보았다. 처음에 그녀는 그의 곁으로 와서 "이리 와, 늙은 말똥구리야!" 또는 "이 늙은 말똥구리 좀 봐!"라는, 나름 다정한 말로 그를 불렀다. 그러나 그레고르는 아무 대꾸도 하지 않고, 마치 문이 열리지 않은 상태인 것처럼 꼼짝 않고 제자리에 서 있었다. 저 파출부가 내키는 대로 쓸데없이 행동해 그를 방해하느니 차라리 매일 방을 치우라고 누가 명령이라도 내려 주었으면! 한번은 이른 아침에 — 봄을 알리는 신호인 듯 빗줄기가 세차게 유리창을 때리고 있었다. — 파출부가 또다시 허튼소리를 하기 시작하자 화가 난 그레고르가 공격이라도 할 기세로 그녀를 향해 몸을 돌렸다. 하지만 그의 행동은 느렸고 힘이 빠져 있었다. 그러자 파출부는 무서워하기는커녕 문 근처에 있는 의자를 높이 들어 올렸다. 입을 크게 벌리고 서 있는 모양새로 보아 자기 손에 든 의자로 그레고르의 등을 내리치고서야 입을 다물겠다는 의도가 분명했다. 그레고르가 다시 몸을 돌리자 그녀는 "그래, 더 이상은 안 되겠지?" 하고는 의자를 구석에 살며시 내려놓았다.

　그레고르는 이제 거의 아무것도 먹지 않았다. 갖다 놓은 음식 근처를 우연히 지나갈 때만 장난삼아 아주 조금 입에 댔을 뿐이고, 그마저도 입에 문 채 몇 시간 동안 있다가 대개는 다시 뱉어 버렸다. 처음에 그는 음식이 꺼려지는 것이 자기 방의 상태를 보고 느낀 슬픔 때문이라고 생각했지만, 정작 방의 변화에 대해서는 곧 그럭저럭 받아들이게 되었다. 식구들은 이제 다른 곳에 보관할 수 없는 물건들을 그의 방 안으로 들여놓는 데 익숙해졌다. 그런 물건들이 꽤 많았는데, 방 하나를 하숙인 세 사람에게 세놓았기 때문이었다. 이 근엄한 신사들은 — 그레고르가 문틈으로 확인한 바로는 세 명 모두 수염이 덥수룩한 사람들이었다. — 지나치게 꼼꼼하고 깔끔한 사람들로서 자신들이 세 들어 있는 방뿐만 아니라 집 안 구석구석, 심지어 부엌 상태까지 신경을 썼다. 이들은 필요 없거나 더러운 잡동사니들을 보면 참지 못했다. 게다가 이 사람들은 자기들이 원래 쓰던 가구를 거의 대부분 갖고 왔다. 이런 이유로 많은 물건들이 필요 없게 되었다. 이 물건들은 내다 팔 수도 없고 그렇다고 버릴 만한 것들도 아니었기에, 결국 그런 것들이 모두 그레고르의 방으로 들어왔다. 부엌에 있던 쓰레기통이나 재를 담는 통까지 있었다. 늘 성질이 급한 파출부는 지금 당장 필요 없는 것들은 무조건 그레고르의 방으로 던져 버렸다. 다행스럽게도 그레고르는 대부분 던져 놓을 물건과 그것을 잡은 손만 볼 수 있었다. 아마도 파출부는 시간이 나고 기회가 있을 때 이 물건들을 다시 가져가거나 한꺼번에 내다 버릴 작정인 모양이었다. 그러나 이 하찮은 잡동사니들은 그레고르가 그 사이를 비집고 다니면서 움직여 놓지 않았더라면 사실상 그녀가 처음 던졌던 그 자리에 마냥 방치되어 있을 수밖에 없었다. 그는 그렇게 돌아다닌 뒤에는 죽도록 힘들고 슬퍼서 몇 시간 동안 꼼짝도 못 했다. 그가 그렇게 할 수밖에 없었던 이유가 처음에는 기어다닐 만한 공간이 남아 있지 않아서였지만, 나중에는 점점 재미가 붙기도 했다.

하숙하는 남자들은 이따금씩 거실에서 저녁을 먹었기 때문에 거실 문은 종종 저녁에도 닫혀 있었다. 그레고르도 문이 열리리라는 기대를 아예 포기했다. 어쩌다 문이 열린 저녁때에도 그는 그 문을 이용하지 않았으며, 식구들이 눈치채지 않게 자기 방 어두운 구석에 웅크리고 있었다. 한번은 가정부가 거실 문을 약간 열어 놓았는데, 저녁에 하숙인들이 들어와 불을 켤 때까지도 그대로였던 적이 있었다. 이들은 예전에 아버지, 어머니 그리고 그레고르가 식사를 했던 식탁을 차지하고서는 냅킨을 펼치고 나이프와 포크를 손에 쥐었다. 곧 문가에 어머니가 고기 접시 하나를 들고 나타났고, 감자가 수북이 쌓인 접시를 든 여동생이 바로 뒤를 따랐다. 음식에서는 뜨거운 김이 피어올랐다. 하숙인들은 마치 음식 검사를 하려는 듯 앞에 놓인 접시를 향해 고개를 숙였고, 실제로 다른 두 사람이 형님처럼 모시는 듯한 가운데 앉은 남자가 접시 위에 있는 고기 한 점을 잘라 보기까지 했다. 틀림없이 음식이 충분히 연하게 익었는지 아니면 부엌으로 다시 돌려보내야 하는지 확인하려는 속셈이었다. 그는 흡족해했고, 그러자 긴장한 채 지켜보고 있던 어머니와 여동생은 안도의 한숨을 내쉬며 미소 짓기 시작했다.

정작 가족들은 부엌에서 식사를 했다. 그런데도 아버지는 부엌으로 가기 전 거실에 들러 모자를 손에 쥐고 인사를 하면서 식탁 주위를 한 바퀴 돌아 나왔다. 하숙인들은 모두 일어나 수염이 덥수룩한 입으로 뭐라고 중얼거렸다. 하지만 자기들끼리만 남게 되면 이들은 거의 아무 말도 하지 않은 채 먹기만 했다. 그레고르가 이상하게 여겼던 점은 음식을 먹을 때 나는 여러 소리 중에서 유독 이로 음식을 씹어 대는 소리만 또렷하게 들렸다는 것이다. 마치 먹기 위해서는 이가 필요하고, 아무리 잘생긴 턱이라도 이가 없으면 아무 쓸모가 없음을 그레고르에게 보여 주기라도 하려는 것 같았다. "나도 먹고 싶다." 그레고르는 근심에 가득 차 이렇게 중얼거렸다, "그렇지만 저런 것들을 먹고 싶지는 않아. 저 하숙인들이 먹고 있는 것을 먹는다면 나는 죽고 말 거야!"

바로 그날 저녁 — 그 시간 내내 바이올린 소리가 들렸는지 그레고르는 기억나지 않았다. — 부엌에서 바이올린 소리가 울렸다. 저녁을 다 먹은 뒤 가운데 앉은 남자가 신문을 펼치더니 다른 두 사람에게 한 장씩 건네주었고, 세 남자는 몸을 뒤로 기댄 채 신문을 읽으며 담배를 피우고 있었다. 바이올린 연주가 시작되자, 그들도 귀를 기울이며 일어섰다. 그들은 발끝을 세워 현관문 쪽으로 걸어가더니 문가에 서로 몸을 바짝 붙여 섰다. 아버지가 큰 소리로 "이 연주 소리가 여러분을 불쾌하게 했을지도 모르겠네요. 바로 그만두게 하겠습니다." 하고 외치는 것으로 보아, 그들이 움직이는 소리가 부엌에서도 들렸음이 분명했다. "그 반대입니다." 이들 중 가운데 남자가 말했다. "저 아가씨가 저희 쪽으로 와 훨씬 편안하고 안락한 이 방에서 연주해 준다면 어떨까요?" "오, 좋습니다." 아버지는 마치 자신이 바이올린 연주자라도 되는 양 소리쳤다. 하숙인들은 방으로 돌아와 기다렸다. 곧 아버지는 악보 받침대를, 어머니는 악보를, 그리고 여동생은 바이올린을 들고 왔다. 여동생은 조용히 연주를 준비하고 있었으며, 예전에 한 번도 세를 놓아 본 적이 없어서 하숙인들에게 지나칠 정도로 공손하게 대하는 부모님은 감히 의자에도 앉지 못했다. 아버지는 앞을 단단히 여민 제복 상의의 두 단추 사이로 오른손을 찔러 넣고는 문에 기대어 서 있었다. 그리고 어머니는 하숙인 한 명이 자리를 권해 앉기는 했으나, 그가 무심코 놓은 의자를 그대로 두고 구석진 곳에 혼자 떨어져 앉았다.

여동생의 연주가 시작되었다. 아버지와 어머니는 각자 앉은 자리에서 열심히 연주하는 여동생의 손길을 좇았다. 연주에 마음을 빼앗긴 그레고르는 점점 더 앞으로 나아가더니 어느덧 거실까지 머리를 내밀고 있었다. 최근 들어 그는 다른 사람을 신경 쓰지 않았고, 그렇게 된 것에 대해 별로 놀라지도 않았다. 예전에 그는 남을 헤아릴 줄 아는 태도를 자랑스러워했었다. 게다가 바로 지금 그에게는 몸을 숨겨야 하는 이유가 아주 여러 가지였다. 그의 방에는 먼지가 도처에 깔려 있어 조금만 움직여도 이리저리 날렸던 탓에 그의 몸도 온통 먼지를 뒤집어쓰고 있었다. 등과 옆구리에 실, 머리카락, 음식 찌꺼기를 잔뜩 묻힌 채 그는 이쪽저쪽으로 기어다녔다. 전처럼 하루에도 몇 번씩 드러누워 몸을 양탄자에 문질러 닦기에는 그가 모든 일에 너무 무관심해졌던 것이다. 이렇게 더러운 상태인데도 그는 서슴없이 깨끗한 거실 바닥 위로 조금 더 기어 나갔다.

그레고르를 주목하는 사람은 물론 아무도 없었다. 가족들은 바이올린 연주에 온통 정신이 팔려 있었다. 반면 하숙인들로 말하자면, 처음에는 두 손을 바지 주머니에 집어넣고 악보를 읽을 수 있을 정도로 악보 받침대 뒤로 바싹 다가서는 바람에 틀림없이 여동생에게 방해가 될 것 같더니만, 금세 고개를 숙인 채 낮게 수군거리며 창가로 물러났다. 그리고 아버지는 이렇게 창가에 서 있는 그들을 근심 어린 표정으로 지켜보았다. 정말 아름답고 즐거운 연주를 들을 수 있을 거라는 기대가 완전한 실망으로 바뀌어서, 이제는 연주 전체가 지겨워 죽겠지만 그저 예의상 쉬는 시간을 뺏긴 것을 감수하겠다는 표정이 역력했다. 특히 코와 입으로 담배 연기를 허공에 뿜어내는 모습에서 이들이 한껏 짜증 나 있음을 알 수 있었다. 그렇지만 여동생은 정말 아름답게 바이올린을 연주했다. 그녀는 얼굴을 한쪽 옆으로 기울인 채, 애수에 젖은 듯하면서도 세심하게 악보의 행을 따라 움직였다. 그레고르는 약간 더 앞으로 나아가, 그녀와 눈을 마주치기 위해 머리를 바닥에 바짝 붙였다. 이토록 음악에 사로잡혀 있는데도 그가 정말 동물이라는 말인가? 마치 너무나 갈구해 왔던 미지의 음식으로 이어지는 길이 그의 앞에 나타난 것 같았다. 그는 여동생에게 달려가 치마를 당겨서 바이올린을 가지고 자기 방으로 오라는 암시를 주겠노라 결심했다. 여기서 자기만큼 이 연주를 제대로 감상할 만한 사람이 없다는 생각이 들었기 때문이었다. 여동생이 와준다면 그는 적어도 자신이 살아 있는 한 그녀를 자기 방에서 내보내지 않으리라 마음먹었다. 끔찍한 자신의 모습이 처음으로 쓸모 있는 상황이 될 것이라 기대했다. 그는 자기 방의 모든 문을 동시에 지키고 서 있다가 공격하는 자들에게 덤벼들 작정이었다. 하지만 여동생이 억지로가 아닌, 순전히 자발적으로 곁에 머물러 주었으면 했다. 그는 여동생이 자기 옆 의자에 앉아 자신의 말에 귀를 기울이면, 그녀에게 속마음을 털어놓을 생각이었다. 자신은 여동생을 음악 학교에 보내겠다는 결심이 확고했으며, 그사이 불상사가 터지지만 않았더라도 지난 크리스마스에 — 아마 크리스마스는 벌써 지나가 버렸겠지? — 그 어떤 반대라도 감수하고 이 계획을 모든 가족에게 알렸을 것이라는 사실 말이다. 그의 이런 속마음을 알고 나면 여동생은 아마 감동에 겨워 눈물을 터뜨릴 테고, 그러면 그레고르는 그녀의 어깨까지 몸을 세워 그녀의 목에 입을 맞출 것이다. 가게에 나가면서부터 여동생은 리본이나 칼라를 매지 않고 맨살을 그대로 드러내 놓고 다녔다.

"잠자 씨!" 가운데 남자가 아버지에게 이렇게 소리치더니 그 이상은 말문이 막히는지 집게손가락을 뻗어 앞쪽으로 천천히 움직이고 있는 그레고르를 가리켰다. 바이올린 연주가 멈췄고, 가운데 남자는 먼저 고개를 흔들며 자기 친구들을 보고 웃더니 다시 그레고르를 바라보았다. 아버지는 그레고르를 쫓아 버리는 것보다 일단 하숙인들을 진정시키는 일이 급선무라고 생각한 모양이었다. 하지만 이 사람들은 전혀 흥분하지 않았고, 바이올린 연주보다 그레고르의 존재가 훨씬 더 흥미진진하다고 여긴 듯했다. 그런데도 아버지는 하숙인들에게 달려가 두 팔을 벌린 채 방안으로 들어가라고 재촉하면서 동시에 머리로 그레고르를 향한 그들의 시선을 막으려 했다. 하지만 이들은 이제 정말로 살짝 화가 나 있었는데, 그것이 아버지의 행동 때문인지 아니면 옆방에 그레고르와 같은 이웃이 살고 있었다는 사실을 이제야 알게 되었기 때문인지는 분명치 않았다. 이들은 아버지에게 해명을 요구했고, 나름 불안했는지 수염을 살짝 잡아당기며 천천히 방으로 다가갔다. 그사이 여동생은 갑작스럽게 중단된 연주 때문에 망연자실해 있다가 다시 정신을 차렸다. 그녀는 잠시 맥 빠진 채 늘어져 있던 손으로 바이올린과 활을 잡더니 마치 여전히 연주를 하고 있다는 듯 계속 악보를 바라보다가, 돌연 정신을 차리고는 호흡 곤란으로 헐떡이며 의자에 앉아 있는 어머니의 무릎에 악기를 내려놓고 옆방으로 서둘러 달려갔다. 하숙인들도 아버지의 재촉에 아까보다 더 빨리 그 방으로 돌아가는 중이었다. 여동생이 익숙한 손길로 침대에 있는 이불과 베개를 높이 들어 휙휙 털어 내고 착착 정돈하는 모습이 보였다. 하숙인들이 방에 도달하기 전에 그녀는 잠자리 정돈을 마치고 조용히 밖으로 나왔다. 아버지는 또다시 외고집을 부리느라 세입자들에게 마땅히 보여야 할 최소한의 존중 따위는 깡그리 잊고 있는 것 같았다. 결국 방문에 다다른 하숙인 중 가운데 사람이 발을 크게 굴러서, 계속해서 밀어붙이는 아버지를 멈춰 세웠다. "여기서 분명히 밝히고자 합니다." 그는 손을 쳐들면서 눈으로 어머니와 여동생을 찾았다. "나는 이 집과 이 가족에게 가득 차 있는 몹시도 불쾌한 상황을 고려하여," — 이쯤에서 그는 비장하게 바닥에 침을 뱉었다. — "즉각 내 방의 계약을 해지하겠소. 물론 내가 여기 머문 기간 동안의 방세는 한 푼도 내지 않을 것이며, 오히려 이유가 충분하기에 당신에게 — 내 말을 명심해야 할 겁니다. — 배상 청구를 어떻게 할지 좀 더 생각해야겠소." 그는 마치 무엇인가를 기다리듯 입을 다물고 앞만 똑바로 쳐다보았다. 아니나 다를까 양옆의 두 친구도 즉각 이런 말을 하며 끼어들었다. "우리도 당장 방을 빼겠소." 그러자 그는 문고리를 잡고 문을 쾅 닫았다.

아버지는 손으로 주변을 더듬으며 비틀비틀 걸어가더니 자기 의자에 털썩 주저앉았다. 늘 하던 대로 저녁잠을 자느라 몸을 늘어뜨리고 있는 모습이었으나, 머리를 제대로 가누지 못하고 끄덕끄덕하는 것이 그가 전혀 잠들지 않았음을 알 수 있었다. 그레고르는 하숙인들에게 들켰던 그 자리에 내내 그대로 있었다. 계획이 실패로 돌아갔다는 실망감에다, 어쩌면 너무 굶어 몸이 약해진 탓에 몸을 움직일 수 없었던 것이다. 다음 순간 가족들의 불만이 폭발하여 자신에게 거대한 파국이 닥쳐오리라 확신하며, 그 순간을 두려움 속에 기다리고 있었다. 바이올린이 어머니의 떨리는 손가락 아래로 빠져나와 무릎으로 떨어지며 소리를 냈지만 그는 놀라지 않았다.

"엄마, 아빠!" 여동생은 말의 시작을 알리려는 듯 손으로 식탁을 내리쳤다. "더 이상은 이렇게 못 살겠어요. 엄마, 아빠는 아마 잘 모르겠지만, 전 알겠어요. 전 이 괴물 앞에서 오빠라는 이름을 부르고 싶지 않아요. 다만 말하고 싶은 건 우리가 저것에게서 벗어나야 한다는 거예요. 우리는 저것을 돌봐 주고 참아 내기 위해 사람의 힘으로 할 수 있는 노력은 다 했어요. 그러니 우리에게 조금이라도 비난을 퍼부을 수 있는 사람은 아무도 없을 거예요."

"저 아이 말이 백번 옳아." 아버지는 이렇게 혼잣말을 했다. 여전히 숨을 제대로 쉬지 못하고 있던 어머니는 눈빛이 조금 이상해지더니, 손으로 입을 막고 소리 죽여 기침을 하기 시작했다.

여동생이 얼른 어머니에게로 달려가 이마를 받쳐 주었다. 여동생의 말을 듣고 아버지는 생각이 좀 더 분명해진 듯했다. 그는 자세를 바로 하고 앉더니 하숙인들의 저녁 식탁 위에 아직 그대로 놓여 있던 접시들 사이에서 모자를 만지작거리면서, 이따금씩 그 자리에 꼼짝 않고 머물러 있는 그레고르를 쳐다보았다.

"우리는 저것에게서 벗어나야 해요." 여동생은 이제 아버지에게만 말했다. 어머니는 기침을 하느라 잘 듣지 못했다. "저게 두 분도 돌아가시게 할 거예요. 전 그렇게 생각해요. 정말 힘든 일을 할 수밖에 없는 우리 같은 사람들이 집에서도 이렇게 끝없는 고통을 겪으며 살 수는 없어요. 난 더 이상 못해요." 그리고 여동생은 왈칵 울음을 터트렸다. 그녀의 눈물은 어머니의 얼굴에까지 흘러내렸고 어머니는 기계적인 손놀림으로 그 눈물을 닦아 냈다.

"애야," 아버지는 동정과 한층 더 깊어진 이해심으로 이렇게 말했다. "그럼 우리가 어떻게 해야 좋겠니?"

여동생은 조금 전의 확고한 태도와는 반대로, 우는 동안 어찌할 바 모를 당혹감에 빠졌다는 표시로 어깨만 으쓱해 보였다.

"만일 그레고르가 우리 말을 알아듣는다면……." 아버지는 반쯤은 물어보는 듯한 어조로 말했으나, 여동생은 그런 일은 생각할 수도 없다는 듯 울다 말고 격렬하게 손을 내저었다.

"그레고르가 우리 말을 알아듣는다면 말이다." 아버지는 같은 말을 되풀이하더니 눈을 질끈 감아 그런 일은 불가능하다는 여동생의 확신을 받아들였다. "그렇다면 의논이라도 해볼 수 있을 텐데. 하지만 저렇게……."

"쫓아 버려야 해요." 여동생이 소리를 질렀다. "그렇게 하는 수밖에 없어요. 아버지도 저게 그레고르 오빠라는 생각을 버리셔야 해요. 우리가 그토록 오랫동안 저걸 오빠라고 생각해 왔다는 것, 그것이야말로 진짜 우리의 불행이에요. 어떻게 저것이 그레고르 오빠가 될 수 있어요? 저게 진짜 그레고르 오빠라면, 우리가 자기 같은 동물과는 함께 살 수 없다는 것쯤은 벌써 알아차리고 제 발로 집을 나갔을 거예요. 그러면 오빠는 잃었을망정 살아가면서 오빠에 대한 기억은 계속 명예롭게 간직할 수 있었을 거예요. 그런데 저 짐승은 우리에게 짐을 지우고, 하숙인을 내쫓고, 나중에는 틀림없이 집을 송두리째 차지하고서 우리를 골목에서 노숙하는 신세로 만들 거예요. 자, 보세요. 아버지!" 그녀는 갑자기 소리쳤다. "또 시작이에요!" 여동생은 그레고르로서는 전혀 이해할 수 없는 공포심에 사로잡혀서는 부축하고 있던 어머니마저 놓아 버렸다. 그레고르와 가까이 있는 것보다 어머니를 희생시키는 편이 더 낫다고 생각했는지 황급히 어머니가 앉아 있던 의자에서 물러나 아버지 뒤로 도망간 것이다. 여동생의 이런 행동만으로도 한껏 흥분한 아버지 역시 자리에서 벌떡 일어나더니, 여동생을 보호하려는 듯 그녀를 향해 두 팔을 반쯤 쳐들었다.

그렇지만 그레고르는 그 누군가를, 더구나 여동생을 불안하게 만들 생각은 전혀 없었다. 그저 방으로 돌아가려고 자신의 몸을 돌리기 시작한 것뿐이었다. 그 동작이 좀 눈에 띄긴 했다. 다친 상태에서 아픈 몸을 돌리는 것이 어렵다 보니 머리의 힘까지 빌려야 했고, 그러다 보니 고개를 쳐들었다가 바닥에 부딪히는 일이 여러 차례 반복되었던 것이다. 그는 동작을 멈추고 주위를 돌아보았다. 그의 선의를 가족들이 알아차리긴 한 것 같았다. 조금 전에는 그저 순간적으로 놀란 것뿐이었다. 이제 가족들은 아무 말도 없이 슬픈 표정으로 그를 바라보았다. 두 다리를 쭉 뻗어 서로 겹쳐 놓은 채 의자에 누운 어머니는 피곤함에 지쳐 두 눈을 거의 다 감아 버렸고, 아버지와 나란히 앉은 여동생은 두 손으로 아버지의 목을 감고 있었다.

　　"이제 몸을 돌려도 되겠지." 그레고르는 이렇게 생각하고 하던 일을 다시 시작했다. 너무 힘들어서 헐떡대는 것을 억누를 수 없었기 때문에 이따금씩 쉬어야 했다. 아무튼 그를 몰아대는 사람도 없었고, 모든 일은 그레고르 자신에게 달려 있었다. 몸 돌리는 일을 다 마치자마자 그는 왔던 길을 되돌아가기 시작했다. 자기 방이 그토록 멀리 있다는 게 놀라웠고, 조금 전에는 어떻게 이런 사실을 전혀 깨닫지 못하고 허약한 몸을 이끌고 이 길을 왔는지 도무지 이해할 수 없었다. 줄곧 빨리 기어야 한다는 생각에만 사로잡혀 그는 지금 가족들이 그 어떤 말이나 소리로도 자신을 방해하지 않고 있다는 사실을 전혀 깨닫지 못했다. 문에 이르러서야 그는 겨우 고개를 돌렸다. 목이 뻣뻣한 느낌이 들어서 완전히 다 돌릴 수는 없었다. 어쨌든 그때 그는 여동생만 일어섰을 뿐 자기 뒤에서 변한 것이 없음을 알았다. 그의 마지막 눈길은 이제 완전히 잠든 어머니를 스쳐 갔다.

그가 방으로 들어가기 무섭게 문이 닫히더니 빗장이 단단히 걸렸다. 뒤에서 난 갑작스러운 소음에 너무나 놀라서 그레고르의 작은 다리들이 힘이 풀려 꺾이고 말았다. 그렇게 서둘러 문을 닫은 사람은 여동생이었다. 진작부터 그곳에 똑바로 서서 기다리고 있다가 재빨리 앞으로 튀어나왔기 때문에, 그레고르는 그녀가 오는 소리를 듣지 못했다. 자물쇠에 꽂은 열쇠를 돌리며 그녀는 "드디어 됐어요!" 하고 부모를 향해 외쳤다.

"그럼 이제 어쩌지?" 그레고르는 스스로에게 이렇게 묻고 어둠 속을 둘러보았다. 곧 그는 자신이 미동도 할 수 없게 되었다는 사실을 깨달았다. 하지만 그것이 놀랍지 않았으며, 사실 지금까지 자신이 이렇게 가는 다리로 계속 돌아다닐 수 있었다는 것이 오히려 이상하게 느껴졌다. 게다가 기분도 비교적 괜찮은 편이었다. 온몸이 아프긴 했지만, 통증이 차차 약해지면서 마침내는 완전히 사라질 것 같았다. 등에 사과가 박혀 썩어 가고 있다는 것과 그 주변에 퍼진 염증 부위가 부드러운 먼지로 덮여 있다는 사실조차도 거의 느끼지 못했다. 그는 감동과 사랑의 마음으로 가족을 회상했다. 그가 사라져 주어야 한다는 생각은 아마 여동생보다 그 자신이 더 단호했을 것이다. 시계탑의 시계가 새벽 3시를 알릴 때까지 그는 공허하고 평화로운 사색의 상태에 빠져 있었다. 창밖으로 날이 밝아 오기 시작하는 것도 보았다. 그리고 자신도 모르게 머리가 아래로 푹 떨어졌고, 콧구멍에서는 마지막 숨이 약하게 새어 나왔다.

아침 일찍 파출부가 와서 — 그녀가 온 뒤로 이미 여러 번 그러지 말아 달라고 신신당부했지만, 워낙 힘이 넘치고 성격이 급했던 그녀는 가족들이 더 이상 잠을 이룰 수 없을 정도로 큰 소리를 내며 문이란 문은 죄다 닫고 다녔다. — 보통 때처럼 그레고르의 방에 잠깐 들렀지만 처음에는 별다른 낌새를 눈치채지 못했다. 파출부는 그레고르가 일부러 꼼짝 않고 누워서 기분 상한 척을 하는 중이라고 여겼다. 그녀는 그의 지능이 모든 것을 완벽히 이해할 수준이라고 믿고 있었기 때문이다. 그녀는 문가에 서서 마침 손에 들고 있던 긴 빗자루로 그레고르를 간질여 보았다. 그에게서 아무런 반응이 없자 화가 치민 파출부는 그를 약간 찔러 보았고, 그런데도 그가 아무 저항도 하지 않고 자리에서 그대로 밀려 나가자 비로소 주의 깊게 살펴보았다. 사태의 진상이 파악되자마자 그녀는 눈을 크게 뜨더니 휘파람을 불었다. 그녀는 그 자리에 오래 머무르지 않고 잠자 부부의 침실 문을 활짝 열어젖히며 컴컴한 방 안에다 대고 큰 소리로 외쳤다. "여기 보세요, 그게 뻗었어요, 그게 저기 자빠져서 완전히 죽었다니까요!"

잠자 부부는 침대에서 일어나 앉았다. 그들은 파출부의 말이 무슨 뜻인지를 파악하기 전에 그녀 때문에 놀란 가슴부터 쓸어내려야 했다. 그러나 부부는 곧장 각자 누운 자리에서 황급히 뛰쳐나왔다. 잠자 씨는 이불을 어깨에 두르고, 잠자 부인은 잠옷 차림으로 나와서는 곧바로 그레고르의 방으로 갔다. 그사이에 거실 문도 열렸는데, 하숙인들을 받고 난 다음부터 그레테가 잠을 자는 곳이었다. 옷을 다 갖춰 입었고, 안색이 창백한 것으로 보아 그녀는 간밤에 잠을 전혀 이루지 못한 모양이었다. "죽었다고요?" 잠자 부인이 이렇게 말하고는 질문을 하듯 파출부를 쳐다보았다. 하지만 그녀가 직접 모든 것을 확인할 수 있었고 또 굳이 확인하지 않아도 알 수 있는 일이었다. "제가 보기엔 그래요." 파출부는 이렇게 말하며 그 증거로 그레고르의 시신을 빗자루로 밀어 좀 더 옆으로 보냈다. 잠자 부인은 빗자루를 막으려는 듯한 동작을 취했지만 실제로 그렇게 하지는 않았다. "자," 잠자 씨가 이렇게 말했다. "이제 하느님께 감사할 수 있겠어." 그는 성호를 그었고, 세 여자도 따라 했다. 시신에서 눈을 떼지 않고 있던 그레테가 말했다. "보세요, 오빠가 어쩌면 저렇게 말랐을까요. 오랫동안 아무것도 먹지 않았잖아요. 음식을 들여다 놔도 그대로 다시 나왔거든요." 실제로 그레고르의 몸은 바짝 말라 납작했다. 사람들은 이제야 그것을 알게 되었다. 다리들이 더 이상 그의 몸을 받쳐 주지 못했고, 그 외에는 식구들의 시선을 끌 만한 일도 없었기 때문이었다.

"그레테, 잠깐 우리 방으로 오렴." 잠자 부인이 애처로운 미소를 지으며 말하자 그레테는 여전히 시체 쪽에서 눈을 떼지 못하며 부모 뒤를 따라 침실로 들어갔다. 파출부는 문을 닫고 창문을 활짝 열었다. 이른 아침인데도 신선한 공기에는 벌써 포근한 기운이 뒤섞여 있었다. 이제 벌써 3월 말이었다.

세 하숙인들은 그들 방에서 나와 놀란 기색을 하며 아침 식사를 찾아 두리번거렸다. 모두가 그들의 존재를 까맣게 잊고 있었다. "아침은 어디 있지요?" 하숙인 중 가운데 남자가 투덜거리며 묻자 파출부는 손가락을 입에 대고는 그들에게 그레고르의 방으로 들어가 보라고 말없이 손짓했다. 그들은 순순히 들어와 낡은 겉옷 주머니에 손을 찔러 넣은 채, 어느덧 완전히 밝아진 방 안에서 그레고르의 시신을 둘러싸고 섰다.

그때 침실 문이 열리더니 제복을 입은 잠자 씨가 한쪽 팔에는 아내를, 다른 한쪽 팔에는 딸을 대동하고 나타났다. 세 사람 모두 조금 운 것 같았다. 그레테는 이따금 아버지 팔에 얼굴을 파묻었다.

"당장 우리 집에서 나가시오!" 잠자 씨는 이렇게 말하며 여전히 두 여자를 떼어 놓지 않은 채 현관문을 가리켰다. "무슨 말씀인지요?" 가운데 남자가 약간 당황스러운 듯 묻고는 가볍게 웃어 보였다. 다른 두 남자는 뒷짐을 진 두 손을 쉴 새 없이 비벼 댔다. 그들은 결국 자기들에게 유리하게 끝날 큰 싸움을 즐거운 마음으로 기다리는 듯했다. "내가 말한 그대로요." 잠자 씨는 이렇게 대답하고 옆에 있는 두 여자와 나란히 줄을 이루어 하숙인들 쪽으로 다가섰다. 그들은 일단 그 자리에 가만히 서서 머릿속으로 생각을 다시 정리하려는 듯 바닥을 내려다보았다. "그렇다면 나가지요." 가운데 남자는 갑자기 겸손한 태도로, 이 결정에 대해서조차 새로운 승낙을 얻고 싶어 하는 사람처럼 잠자 씨를 쳐다보았다. 잠자 씨는 그저 몇 차례 눈을 크게 뜨고 고개를 끄덕일 뿐이었다. 그러자 그 남자는 정말 곧장 현관으로 성큼성큼 걸어갔다. 그의 두 친구도 손을 얌전히 둔 채 가만히 듣고 있다가 이내 그를 따라 껑충 뛰어갔다. 그들은 잠자 씨가 자기들보다 먼저 현관으로 가서 앞서 간 지도자와 자신들을 갈라놓지는 않을지 불안해하는 것 같았다. 현관에서 세 사람 모두 옷걸이에서 모자를, 지팡이 통에서 지팡이를 집어 들고는 말없이 고개만 숙여 인사하고 집을 나갔다. 이미 드러난 바와 같이 잠자 씨는 아무 근거 없는 불신에 사로잡혀 아내와 딸과 함께 층계참까지 나가 난간에 기댄 채, 세 남자가 느리기는 하지만 멈추지 않고 긴 계단을 내려가는 모습을 지켜보았다. 그들은 각 층마다 계단 모퉁이에서 사라졌다가 잠시 후 다시 나타나곤 했다. 이들이 아래로 내려갈수록 이들에 대한 잠자 씨 가족의 관심도 점점 사그라들었다. 머리에 짐을 진 정육점 직원이 당당한 태도로 밑에서부터 그들을 향해 올라와 지나쳐 갔다. 잠자 씨는 곧 두 여자를 데리고 난간을 떠나 한결 홀가분한 마음으로 집으로 돌아왔다.

그들은 오늘 하루를 푹 쉬면서 산책이나 하며 보내기로 결정했다. 세 사람 모두 일을 잠시 그만두고 휴식을 취할 자격이 충분했으며, 휴식이 절대적으로 필요했다. 그래서 이들은 식탁에 앉아 세 장의 결근계를 썼다. 잠자 씨는 은행 지점장에게, 잠자 부인은 일감을 주문한 사람에게, 그리고 그레테는 상점 주인에게. 결근계를 쓰는 동안 파출부가 들어와 아침 일을 다 끝냈으니 돌아가겠다고 말했다. 처음에 세 사람은 쳐다보지도 않고 그저 고개만 끄덕였는데, 그래도 파출부가 갈 생각을 하지 않자 그제야 화가 난 듯 바라보았다. "그런데요?" 잠자 씨가 물었다. 그녀는 웃으며 문간에 서 있었다. 마치 전해 줄 반가운 소식이 하나 있으니 자신에게 자세히 캐묻는다면 알려 주겠다는 태도였다. 그녀의 모자 위에 거의 수직으로 꽂혀 있는 타조 깃털이 사방으로 가볍게 흔들렸다. 잠자 씨는 파출부가 이 집에서 일하는 내내 그 깃털을 눈에 거슬려 했었다. "그래, 무슨 일이신데요?" 파출부에게 그나마 존경받는 잠자 부인이 이렇게 물었다. "예." 하고 파출부는 대답했으나 상냥한 미소를 짓느라 곧장 말을 잇지 못했다. "그러니까 옆방의 저 물건을 치우는 문제에 대해선 더 이상 염려하지 않아도 된다고요. 제가 이미 다 처리해 놓았으니까요." 잠자 부인과 그레테는 글을 계속 쓰려는 듯 몸을 숙였다. 잠자 씨가 이제 파출부가 모든 내용을 시시콜콜하게 설명하기 시작하려 한다는 낌새를 알아채고는 손을 뻗어 단호하게 말을 막았다. 더는 이야기할 수 없게 되자 그녀는 자신이 아주 바쁜 몸이라는 사실을 떠올리고 매우 기분 나쁜 투로 소리쳤다. "모두 안녕히 계세요." 그러더니 몸을 홱 돌려서 문을 쾅 닫고 집을 떠났다.

"저녁엔 저 여자도 내보내야겠어." 잠자 씨가 이렇게 말했지만, 아내와 딸은 아무 대꾸도 하지 않았다. 간신히 얻은 평안이 저 파출부 때문에 다시 깨질 것 같았다. 모녀는 일어나 창가로 가서 서로를 껴안은 채 그대로 서 있었다. 잠자 씨는 의자에 앉아 그쪽으로 몸을 돌리고는 잠시 말없이 두 여자를 지켜보았다. 그런 다음 이렇게 외쳤다. "자, 이리 와봐. 지난 일은 그만 잊자고. 내 생각도 좀 해줘야지." 여자들은 곧장 잠자 씨의 말에 따라 다가와서 그를 쓰다듬어 주고는 서둘러 결근계 작성을 마쳤다.

그리고 나서 세 사람은 함께 집을 나섰다. 몇 달 만에 처음 하는 외출이었다. 이들은 전차를 타고 교외로 나가기로 했다. 따사로운 햇빛이 스며든 이 전차 칸에 탄 사람은 그들 가족 셋뿐이었다. 그들은 좌석에 편히 등을 기대고 앉아 앞날을 논의했다. 잘 생각해 보니 미래가 그렇게 암울한 것만도 아니었다. 지금까지 서로 자세히 물어본 적이 없었지만 세 사람 모두 괜찮은 일자리를 얻은 데다, 특히 전망이 아주 밝았기 때문이었다. 지금 당장 살림살이가 나아질 수 있는 가장 좋은 방법은 당연히 집을 팔고 이사를 하는 일일 것이다. 그들은 그레고르가 얻은 지금 집보다 더 작고 저렴하더라도, 위치가 좋고 무엇보다 실용적인 집을 얻고자 했다. 이런 이야기를 나누는 동안 잠자 씨 부부는 점점 더 생기가 도는 딸을 보면서, 딸이 최근에 볼이 창백해질 정도로 걱정거리가 많았음에도 아름답고 풍만한 처녀로 피어나고 있음을 거의 동시에 느꼈다. 점점 말이 없이, 거의 무의식적인 눈빛으로 서로 대화를 나누면서, 부부는 이제 딸에게 반듯한 신랑감을 찾아 주어야 할 때가 되었다고 생각했다. 그리고 목적지에 이르러 딸이 가장 먼저 일어나 젊은 몸을 쭉 뻗어 기지개를 켰을 때, 그들에게는 그 모습이 마치 자신들의 새로운 꿈과 훌륭한 계획을 승인해 주는 것처럼 여겨졌다.

시골 의사
Ein Landarzt

시골 의사

„Mein Vertrauen zu dir ist sehr gering.
Du bist ja auch nur irgendwo abgeschüttelt,
kommst nicht auf eigenen Füßen.
Statt zu helfen, engst du mir mein Sterbebett ein.“

나는 정말 어찌할 바를 몰랐다. 급히 왕진 가야 할 곳이 있었다. 여기서 10마일이나 떨어진 어느 마을에서 중환자 하나가 나를 기다리고 있었다. 하지만 극심한 눈보라가 그와 나 사이의 이 먼 거리를 가로막고 있었다. 마차는 준비되었다. 우리 시골길에 딱 맞는, 가볍고 바퀴가 큰 마차였다. 털외투로 든든하게 몸을 감싸고 왕진 가방을 손에 든 나는 여행 준비를 모두 마치고 마당에 서 있었다. 그런데 마차를 끌 말이 없었다. 말[馬] 말이다. 내 말은 얼음처럼 차디찬 이번 겨울 내내 너무 부려 먹었는지 간밤에 죽어 버렸다. 그래서 지금 하녀 아이가 말을 빌리기 위해 온 마을을 돌아다니고 있었다. 하지만 그래 봐야 헛수고임을 나는 알고 있었다. 눈은 점점 더 높이 쌓여만 갔고 나는 점점 더 움직일 수 없게 되었다. 이런 상황에서 나는 속절없이 그곳에 서 있었다. 대문에서 하녀가 나타났다. 말도 못 빌리고 혼자 돌아와 등불만 흔들어 댔다. 당연한 일 아닌가, 누가 지금 이런 여행길을 떠나는 사람에게 말을 빌려주겠는가? 나는 다시 마당을 서성였다. 이제는 방법이 없었다. 마음이 싱숭생숭하고 괴로워서, 벌써 여러 해 동안 사용하지 않은 돼지우리의 망가진 문을 걸어찼다. 문이 경첩에 걸려 삐거덕거리며 열렸다 닫혔다 했다. 말들이 뿜어내는 듯한 온기와 냄새가 퍼져 나왔다. 돼지우리 안에서는 등불이 줄에 매달린 채 흐릿한 빛을 뿌리고 있었다. 나지막한 칸막이 안에서 웅크리고 있던 한 남자가 푸른 눈의 순진한 얼굴을 드러냈다. "말을 매어 드릴까요?" 그 남자는 엉금엉금 기어 나오면서 물었다. 나는 말문이 막혀서 그저 몸을 숙여 안에 또 뭐가 있나 살펴볼 수밖에 없었다. 내 옆에는 하녀가 서 있었다. 그녀는 "집에 뭐가 있는지도 모르고 살았네요."라고 말했고, 우리 둘은 함께 웃었다. "어이, 형! 어이, 누이!" 마부가 외치자, 옆구리가 탄탄하고 힘이 세 보이는 말 두 놈이 차례대로 미끄러져 나왔다. 다리는 몸에 바싹 붙이고, 잘생긴 대가리는 낙타처럼 숙이고서는 몸통을 비틀어 비좁은 문틈을 빠져나온 것이다. 하지만 밖으로 나오자마자 말들은 벌떡 일어섰다. 다리를 쭉 뻗고 선 몸통에서는 김이 무럭무럭 피어오르고 있었다. "저 사람을 도와줘." 내가 말하자 하녀는 순순히 마부에게 마구를 건네주었다. 그런데 하녀가 마부의 곁으로 가자마자 그가 그녀를 껴안고 자기 얼굴을 그녀의 얼굴에 부벼 댄다. 그녀가 비명을 지르며 내게로 도망쳐 오는데, 뺨에는 두 줄로 이빨 자국이 빨갛게 나 있다. "이런 짐승 같은 놈!" 나는 화를 내며 소리친다. "채찍 맛을 좀 봐야

겠느냐?" 하지만 나는 곧 그가 낯선 사람이라는 사실을 깨닫는다. 나는 그가 어디에서 왔는지도 모른다. 그는 아무도 나서지 않는 상황에서 나를 돕고 있었던 것이다. 그는 내 마음을 읽고 있기라도 한 듯 나의 협박 따위는 대수롭지 않게 여긴다. 그러고는 계속 말을 다루는 데만 열중하다가 딱 한 번 내 쪽으로 몸을 돌려 "이제 타시지요." 하는데, 정말 모든 준비가 끝나 있었다. 여태까지 이렇게 좋은 마구를 갖춘 마차는 타본 적이 없다는 생각에 나는 즐거운 마음으로 마차에 올라탄다. "마차는 내가 몰아야겠는걸. 자네는 길을 모르지 않나." 내가 말한다. "물론입죠. 저는 따라가지 않겠습니다. 그냥 로자 곁에 남겠습니다." 그가 말한다. "안 돼요!" 로자는 소리를 지른다. 그녀는 자신의 운명이 돌이킬 수 없게 되었음을 정확하게 예감하고서는 집 안으로 달아난다. 나는 그녀가 덜거덕거리며 문고리 거는 소리를 듣는다. 나는 철컥 하고 자물쇠 잠그는 소리를 듣는다. 그것도 모자라 마부가 자신을 찾지 못하도록 마루와 온 방을 돌아다니며 불이란 불은 모조리 다 끄는 모습도 보인다. "자네도 함께 가지." 나는 마부에게 말한다. "아니면 나는 이 마차 타는 것을 포기하겠네. 급히 가야 하기는 하지만, 마차를 빌려 타는 대가로 하녀를 내줄 생각은 추호도 없네." "이랴!" 하며 그가 손뼉을 치자 마차는 물살에 휩쓸린 나뭇조각처럼 쏜살같이 내달린다. 마부가 달려드는 바람에 내 집 문이 부서지며 산산조각 나는 소리가 여전히 들리고, 그다음에는 내 눈과 귀가 모든 감각을 고루 파고드는 굉음으로 가득 채워진다. 하지만 그것도 한순간뿐이다. 내 집 대문 바로 앞에 환자의 집 마당이 열리기라도 한 듯 나는 벌써 그곳에 도착해 있었던 것이다. 말들은 조용히 서 있고, 눈보라는 어느덧 그쳐 주변은 달빛으로 가득 차 있다. 환자의 부모가 집 밖으로 뛰어나오고, 뒤를 이어 환자의 누이가 급히 달려 나온다. 그들은 나를 마차

밖으로 거의 들어내다시피 한다. 나는 그들이 혼란스럽게 주고받는 이야기를 한마디도 알아듣지 못한다. 환자의 방으로 들어가자 공기는 숨 쉬기 어려울 지경이다. 아무도 돌보지 않는 화로에서는 연기가 솟아오르고 있다. 창문을 열어젖혀야겠지만, 나는 환자를 먼저 보고 싶다. 바싹 여위었고, 열은 없고, 몸이 차갑지도 따뜻하지도 않으며, 공허한 눈초리로, 내의도 입지 않은 채 깃털 이불 속에 누워 있던 소년이 내가 들어가자 몸을 일으켜 내 목에 매달리면서 귀에다 속삭인다. "선생님, 저를 죽게 내버려 두세요." 나는 주위를 둘러본다. 아무도 그 말을 듣지 못했다. 아이의 부모는 몸을 앞으로 숙인 채 묵묵히 나의 선고를 기다리고 있고, 누이는 왕진 가방을 놓으라고 의자를 가져왔다. 나는 가방을 열어 의료기를 찾는데 소년은 침대 밖으로 계속 손을 내밀어 나에게 조금 전에 한 애원을 되새겨 주려 한다. 나는 핀셋 하나를 집어 촛불에 비춰 살펴보고 도로 내려놓는다. '그래.' 나는 불경스러운 생각을 한다. '이런 경우는 신들이 도운 거야. 없는 말도 보내 주고, 거기에 급하니까 한 마리를 더 보태 주기까지 하고 말이야. 과분하게도 마부까지 붙여 주셨잖아.' 그때 비로소 다시 로자 생각이 난다. 어떻게 하면 좋지? 어떻게 해야 그 아이를 구하지? 어떻게 해야 그 마부의 손아귀에서 그녀를 빼낸단 말인가? 그녀에게서 10마일이나 떨어져 있고, 마차 앞에 매여 있는 말은 도무지 내 말을 듣지 않는데 말이야. 어떻게 된 영문인지 가죽끈을 느슨하게 풀어 헤친 말들이 밖에서 창문을 열어젖히고, 창문마다 하나씩 대가리를 들이밀고는 식구들이 고함을 쳐도 전혀 동요하지 않은 채 환자를 지켜보고 있다. '곧 돌아가야지.' 나는 생각한다. 마치 말들이 떠나자고 재촉하기라도 한 듯 말이다. 하지만 내가 더워서 얼이 빠졌다고 생각한 누이가 내 털외투를 벗기고, 나는 그것을 그냥 내버려둔다. 럼주도 한 잔 나오고, 소년의 늙은 아버지는 내 어깨를 두드린다. 보물 같은 자식을 맡겼으니 이 정도 허물없는 태도쯤은 괜찮다는 식이다. 나는 머리를 흔든다. 아마 노인의 이런 편협한 사고방식 때문에 기분이 나빴던 것 같다. 나는 오로지 이런 이유에서 럼주를 사양한다. 환자의 어머니가 침대 곁에서 나에게 손짓한다. 나는 그녀의 뜻에 따라 침대 쪽으로 다가갔고, 말 한 마리가 천장을 향해 힝힝거리며 울부짖는 동안 소년의 가슴에 머리를 갖다 대자 소년은 내 젖은 수염 때문에 몸을 부르르 떤다. 짐작대로다. 소년은 건강한 것이다. 혈색이 약간 나쁘고, 어머니가 걱정한 나머지 커피를 너무 먹였을 뿐 건강하며, 그저 엉덩이를 한 방 걷어차 침대에서 내쫓는 것이 상책일 정도다. 하지만 내가 세계 개혁자도 아니고, 그냥 누워 있게 내버려두자. 나는 지방 관청에 고용된 의사로서 너무하다 싶을 정도로 내 임무에 충실한 편이다. 봉급은 시원치 않지만 가난한 사람에게는 인심이 후하고 그들을 돕는 것을 좋아한다. 나는 아직 로자를 돌봐야 한다. 그러고 보면 소년의 말이 옳을지도 모른다. 나도 죽고 싶으니까. 도무지 끝날 것 같지 않은 이 겨울에 여기서 내가 무엇을 하겠는가? 내 말은 이미 죽었고, 마을에서 내게 말을 빌려줄 사람은 아무도 없다. 돼지우리에서 마차에 맬 말을 끌어내야 하다니. 만일 우연찮게도 그것이 말이 아니었다면, 나는 암퇘지를 타고 와야 했을 것이다. 일이란 게 그렇다. 나는 가족을 향해 고개를 끄덕인다. 그들은 이런 사정을 전혀 모른다. 설령 안다고 할지라도 전혀 믿으려 들지 않을 것이다. 처방전을 쓰기는 쉽다. 하지만 사람들과 소통하는 것은 어렵다. 자, 이것으로 나의 왕진은 끝난 것 같다. 또다시 나를 헛수고하게 만든 것이다. 나는 이런 일에 만성이 되어 있다. 야간 비상벨 덕분에 온 마을이 나를 괴롭히고 있다. 이번에는 로자까지 내주어야 했다. 오랫동안 내 집에서 함께 살면서도 거의 안중에도 없었던 그 예쁜 처녀를 말이다. 이 희생은 너무도 크다. 그러니 아무리 선한 의도가 있다 해도 내게 로자를 돌려줄 수 없는 이 가족에게 매달리지 않으려면 임시방편으로 머릿속에 궤변을 꾸며서라도 뭔가 준비를 해야 한다. 하지만 내가 왕진 가방을 닫고 털외투를 달라는 눈짓을 하자 가족들이 모여든다. 아버지는 손에 든 럼주 잔에 코를 박고 쿵쿵거리며 냄새를 맡고, 어머니는 아마도 내게 실망했는지 — 도대체 이 사람들은 내게 무엇을 기대한단 말인가? — 눈물을 머금고 입술을 깨물었으며, 누이는 피가 잔뜩 묻은 손수건을 흔든다. 이런 상황에서 나는 경우에 따라 이 소년이 어쩌면 정말 아픈 것일지도 모른다고 시인할 준비를 하고 있다. 내가 소년에게 다가가자 소년은 내가 원기를 북돋울 수프라도 갖다 준 양 나를 향해 미소 짓는다. — 아, 이제 말 두 마리가 함께 히힝거리며 울부짖는구나. 이 소리는 아주 높은 곳에서 내리는 명령이니, 이것으로 내 진찰이 한결 용이해지리라. — 그리하여 이제 나는 알아낸다. 이 소년이 정말 아프다는 사실을. 소년의 오른쪽 옆구리와 허리께에 손바닥 크기의 상처가 있었다. 상처는 장밋빛에 명암이 다양했는데, 깊은 곳은 진했지만 가장자리로 갈수록 연해졌다. 고르지 않게 뭉친 피가 오톨도톨 맺혀 있는 상처는 탄광 입구처럼 입을 벌리고 있었다. 멀리 떨어져서 보면 이런 모습이었지만 가까이에서 들여다보면 상태는 더 심각했다. 이것을 보고 나직이 신음을 토하지 않을 사람이 누가 있겠는가? 굵기며 길이가 내 새끼손가락만 한 벌레들이 원래도 몸통이 장밋빛인데 거기에 피까지 범벅이 되어, 상처 안쪽에 들러붙어서는 작고 흰 머리와 수많은 발로 밝은 빛을 향해 기어 나오려고 꿈틀거리고 있었다. 불쌍한 아이야, 널 도울 길이 없구나. 나는 너의 큰 상처를 찾았단다. 너는 옆구리에 핀 꽃 때문에 죽어간다. 가족들은 행복해하고 있다. 그들은 내가 무언가 하는 모습을 보고 있다. 누이가 어머니에게 내가 일하고 있다고 말하고, 어머니는 아버지에게, 아버지는 까치발을 하고 양팔을 뻗어 균형을 잡은 채 열린 문틈 사이로 새어 나오는 달빛을 받으면서 방 안으로 들어오는 몇몇 손님들에게 말한다. "저를 살려 주실 수 있죠?" 상처 안에서 꿈틀거리는 생명체 때문에 의식이 완전히 혼미해진 소년이 훌쩍이며 내 귀에 속삭였다. 이 지역 사람들은 늘 이렇다. 언제나 의사에게 불가능한 일을 요구한다. 그들은 그들의 오랜 신앙을 잃어버렸다. 신부는 집에 앉아 미사복이나 한 가닥씩 쥐어뜯게 내버려 두고, 의사에게는 섬세한 외과의의 손으로 모든 것을 해내야 한다고 요구하고 있으니 말이다. 그래, 당신들 뜻대로 하시길. 그런데 내가 자청한 적은 없소. 당신들이 나를 성스러운 목적에 쓴다면, 나는 그것도 감수하겠소. 늙은 시골 의사가 어떻게 그보다 더 나은 것을 바랄 수 있겠소, 하녀까지 약탈당한 마당에! 그러자 식구들과 촌로들이 와서 내 옷을 벗긴다. 교사가 선두에 서서 이끄는 학교 합창단이 집 앞으로 와서 아주 단순한 가락으로 된 노래를 부른다.

그의 옷을 벗겨라, 그러면 그가 치료하리라.
그래도 그가 치료하지 않거든, 그를 죽여라!
그 사람은 단지 의사일 뿐, 그 사람은 단지 의사일 뿐.

그다음 내 옷이 벗겨졌고, 나는 손가락으로 수염을 잡고 머리를 숙인 채 이 사람들이 하는 짓을 가만히 보고 있다. 나는 아주 침착하고 그들 모두보다 우월하며, 앞으로도 계속 그럴 것이다. 그렇지만 이런 사실은 아무 도움도 되지 않는다. 이제 그들이 머리와 양발을 잡고 나를 번쩍 들어 소년이 누워 있는 침대로 옮겨 놓았으니 말이다. 그들은 나를 소년의 상처 옆쪽 벽에다 눕혀 놓는다. 그런 뒤에는 모두 방을 나가고, 문이 닫히며, 노랫소리가 멈춘다. 구름이 달을 가리고, 침구가 나를 따뜻하게 감싸고 있으며, 창구멍에는 말 대가리가 그림자처럼 어른거린다. "아세요?" 소년이 내 귀에 대고 속삭이는 말을 듣는다. "저는 당신을 그다지 믿지 않아요. 당신도 어디선가 여기로 내던져진 거잖아요. 제 발로 이리로 오신 게 아니잖아요. 도와주기는커녕 제가 죽을 자리만 비좁게 만드시는군요. 정말 당신 눈을 후벼 파고 싶네요." "맞네." 나는 말한다. "이건 치욕이네. 하지만 나는 의사라네. 내가 무얼 하겠나? 믿어 주게. 내게도 쉬운 일이 아니라네." "저더러 그따위 변명으로 만족하라고요? 아, 아마 그렇게 해야겠지요. 언제나 저는 만족해야 하지요. 이렇게 멋진 상처를 안고 저는 태어났지요. 이게 제가 갖춘 전부입니다." "이보게 청년, 자네의 결점은 전체를 보는 안목이 없다는 거야. 이미 온갖 병실을 두루 경험한 사람으로서 말하네만, 자네 상처는 그다지 심각하지 않아. 도끼로예리하게 두 번 찍힌 상처일 뿐이야. 숲속에서 많은 사람들이 옆구리를드러내 놓고 다니면서도 도끼 소리를 좀처럼 듣지 못하는데, 하물며 도끼가 자기에게 다가오는 소리가 들리겠는가?" "정말 그런가요, 아니면열병을 앓고 있는 저를 속이시는 건가요?" "정말로 그렇다네. 의사의 명예를 걸고 하는 말이네." 소년은 이 말을 듣고 잠잠해졌다. 그런데 이제는 나의 구원을 생각할 시간이었다. 말들은 아직도 우직하게 자기 자리를 지키고 있었다. 나는 옷가지와 털외투 그리고 가방을 주섬주섬 긁어모았다. 옷을 입느라 꾸물거리고 싶지 않았다. 말들이 올 때처럼만 서둘러 준다면, 이 침대에서 내 침대로 분명히 금방 뛰어들 수 있을 것이다. 말 한 마리가 얌전히 창가에서 물러났다. 나는 둘둘 만 옷 뭉치를 마차 안으로 던졌다. 털외투가 너무 멀리 날아가 소매 한쪽만 옷걸이에 걸렸

102

다. 그 정도면 됐다. 나는 말 등 위로 뛰어올랐다. 가죽끈이 바닥에 질질 끌릴 정도로 느슨하게 풀리는 바람에 말 두 마리가 제대로 묶이지 않았고, 이 때문에 마차는 갈피를 못 잡고 이리저리 굴렀으며, 마차의 맨 끝에 간신히 걸린 털외투는 눈보라 속에서 펄럭였다. "이랴!" 나는 외쳤으나 말은 힘차게 달리지 않았다. 그래서 우리는 영감님들처럼 느릿느릿하게 눈 덮인 벌판을 지나갔다. 우리 등 뒤에서는 아이들의 새로운, 그러나 어딘가가 틀린 노래가 오랫동안 울렸다.

기뻐하라, 환자들아!
의사가 너희 침대에 나란히 누워 있다!

절대로 이렇게 집으로 돌아가진 않을 거야. 환자가 넘쳐 나던 병원도 망할 거고, 후임자가 내 자리를 넘볼 거야. 하지만 그래 봤자 소용없어. 그가 나를 대신하지는 못할 테니까. 내 집에는 구역질 나는 마부가 날뛰며 돌아다니고, 로자는 그의 제물이 될 거야. 나는 그 상황을 심각하게 상상하고 싶지 않아. 늙은 나는 불행한 시대의 혹한에 맨몸으로 던져진 채 이 세상의 마차와 저 세상의 말을 타고 정처 없이 떠돌아다니고 있어. 털외투는 마차 뒤에 걸려 있지만 내 손은 거기까지 닿지 않고, 환자들 가운데 움직일 수 있는 사람도 있지만, 어느 누구도 손가락 하나 까딱하지 않는군. 속았구나! 속았어! 한 번 잘못 울린 비상벨을 따랐더니 돌이킬 길이 없구나.

해설편

┃ 프란츠 카프카
그는 작품 속에서 기이하고 환상적인 설정을 통해 인간 삶의 부조리와 소외 문제를 파헤쳤다. 노벨 문학상 수상자
장 폴 사르트르(Jean Paul Sartre, 1905~1980)와 알베르 카뮈(Albert Camus, 1913~1960)는 카프카를 실존주의 문학
의 선구자로 칭송하였다.

비현실의 세계에서 현실을 말하다

– 인간 소외에 대한 날카로운 통찰, 〈변신〉 –

Ⅰ. 프란츠 카프카의 생애

1

1883년 체코 프라하(Praha)에서 유대인 상인의 아들로 태어나 평생을 가족 및 시대와 화합하지 못하고 국외자(局外者)로 살아간 프란츠 카프카(Franz Kafka, 1883~1924). 그는 작품 속에서 초현실적인 상황을 설정하여 현대인의 소외(疏外) 문제를 끊임없이 성찰한 실존주의 소설가이다. 그의 소설은 다분히 우화적이고 낯설며, 현실에서 일어날 수 없을 법한 사건을 다룬다. 그리고 이러한 상황 속에서 현대 사회의 구조적 병폐를 꼬집으며 그 안에서 시시포스(Sisyphos)처럼 무의미하게 살아가는 현대인의 공포와 불안, 소외를 '그로테스크[1]하게' 해부한다.

이런 이유에서 그의 개인적 삶의 태도와 문학 경향은 하나의 문학 용어로 개념화된다. '카프카적인' 또는 '영문 모르게 섬뜩하고 위협적인'이

---

1) Grotesque. '괴상하고 기이한 것'을 뜻하는 말로 사용된다. 원래는 미술 용어로 공상의 생물이나 괴상한 인간의 모습을 한 장식을 가리키는 말이었으나, 점차 예술과 문학 일반에 있어서 환상적인 괴기함을 가리키는 용어로 그 의미가 확대되었다.

라는 의미의 독일어 형용사 '카프카에스크(kafkaesk)'는 그의 이름에서 유래한 것으로, 대표적인 독일어 사전인 《두덴 대사전 der Große Duden》에 정식으로 등재되어 있다. 이 단어는 원래 카프카만의 고유한 문학적 특징을 설명하거나, 카프카 문학에서 풍기는 기본적인 분위기를 모방한 작품 또는 그와 유사한 문학 작품을 지칭하기 위해 사용되었다. 하지만 점차 문학 외적 상황에도 쓰이면서 이 단어는 인간 실존을 보편적으로 정의하는 개념으로 그 범위가 확장된다. 즉 오늘날 이 말은 공포, 미로와 같은 불확실성, 소외, 익명의 권력에 내맡겨진 상황, 부조리성, 탈출구가 없는 상황, 무의미한 상황, 죄와 내적 절망의 상황을 나타낸다.

'소외'를 '개인이 현실적 이익을 위해 자신의 신앙, 신념, 기호, 의지를 접거나 스스로의 선택과 행위를 통해 자기 자신을 창조해야 하는 사명을 포기하는 비본질적 삶'으로 정의한다면 카프카의 삶은 평생 철저하게 소외되었다고 할 수 있다. 그는 유대인이었으나 정통 유대인의 세계에 편입되지 못했다. 독일어를 사용했으나 프라하의 독일인 사회로부터 배척되었고, 프라하에서 태어났으나 체코인도 아니었다. 평생을 글을 쓰는 일에 투신하려 했지만 경제적인 이유 때문에 보험 회사의 직원으로 생을 보내야 했고, 막상 생전에 발표한 작품은 대부분 독자들에게 외면받았다. 또 관계가 순탄하지 않았던 아버지의 인정을 갈구했지만 끝내 화해하지 못했으며, 세 번 약혼했지만 모두 실패했다. 자신의 작품을 세상에 내놓기 꺼려하여 죽기 직전에 평생 쓴 글을 불태워 달라는 유언을 남겼다. 그렇지만 자아(내면의 소망)와 세계(외적 현실)의 분열과 거기서 비롯된 고통 속에서 필사적으로 탈출구를 모색했던 카프카의 삶은 소설 창작의 풍성한 자양분이 되었고, 그의 작품 세계를 '카프카에스크'라고 규정짓게 했다.

카프카는 그리 길지 않은 생을 대부분 자신이 태어난 프라하에서 보냈다. 그는 성인이 되어서도 부모에게서 완전히 독립하지 못한 채 불안정한 삶을 살아간다. 대학 졸업 후 일반 보험 회사에 취직한 그는 하루 종일 고된 업무에 시달려야 했고, 정작 자신이 간절히 원했던 글쓰기는 퇴근 후 밤늦은 시간에만 할 수 있었다.

카프카는 평생 자신을 작가라고 생각하며 오로지 글쓰기만을 삶의 목표로 삼았다. 그는 글을 쓸 때만 만족했고, 글쓰기를 방해할 만한 모든 것을 자기 존재의 심각한 위협으로 느꼈다. 결국 그는 프라하의 노동자 재해 보험국으로 직장을 옮긴다. 이곳에서 그는 노동자를 위해 일할 수 있다는 보람과 함께 오후 2시에 퇴근한 이후에는 온전히 글쓰기에만 몰두할 수 있다는 이점을 동시에 맛보게 된다. 카프카가 이토록 글쓰기에 집착한 이유는 오로지 이를 통해서만 삶의 고통에서 벗어날 수 있었기 때문이었다. 그의 이러한 고통의 근본에는 그의 아버지 헤르만 카프카(Hermann Kafka, 1852~1931)가 상당 부분 연관되어 있다.

헤르만 카프카는 빈민가 출신으로 어려서부터 열심히 장사를 해 자수성가한 상인이었다. 그는 결혼 후 프라하에 정착한 뒤 고급 상점을 운영하며 안정된 중산층의 삶을 이어간다. 독일 문학계의 거장 슈테판 츠바이크(Stefan Zweig, 1881~1942)가 세기 전환기 오스트리아 – 헝가리 제국의 문화를 다룬 그의 저서 《어제의 세계 Die Welt von Gestern》에서 밝혔듯이, 당시 유럽 사회에 번진 자유주의의 흐름을 타고 유럽 기독교 사회에 동화한 '아버지 세대' 유대인들은 오로지 돈을 벌어 생활의 안정을 기하는 것을 삶의 중요한 목표로 삼았다. 반면 아버지 세대가 다져 놓은 경제력 덕

〈아버지에게 드리는 편지〉의 일부분

카프카는 아버지에게 보내는 편지글의 형식을 빌려, 자신이 평생 동안 극복하려 했던 상처인 동시에 그의 문학 세계에 뿌리를 이루었던 아버지에 대해 기록하였다.

분에 고등 교육을 받게 된 '아들 세대'는 물질을 추구하거나 실용적인 직업을 얻기보다는 학문 연구나 예술 창작 등 정신적인 분야에 대해 더 큰 관심을 가지게 된다. 자연히 이 시기에는 세대 갈등이 첨예하게 전개되는데, 카프카 집안 역시 심각한 부자(父子) 갈등에서 예외는 아니었다.

경제력을 중시한 아버지의 눈에 돈 버는 일에는 관심 없고 오로지 글만 쓰겠다는 아들은 한심하기 짝이 없었을 것이다. 결국 헤르만 카프카는 억센 자신과는 달리 내성적인 데다 너무나 예민한 아들을 낙오자 취급하며 조금도 이해하려 들지 않았다. 게다가 헤르만 카프카는 자신의 아들이라면 마땅히 갖추어야 할 자질에 대해 확고한 원칙을 세우고 있는 사람이었다. 즉 그는 아들이 자신과 비슷하게 강인하고 근면하며 활동적이고 사교적인 사람이 되기를 바랐다. 그래서 그는 그런 기대를 채워 주지 못하는 아들에게 인정사정 없이 대했다. 매일같이 '네가 지금처럼 고생을 모르고 풍족하게 살 수 있는 것은 모두 내가 고생한 덕'이라는 등의 악담을 퍼부으며 압박했다.

1919년 카프카는 〈아버지에게 드리는 편지 Brief an Den Vater〉에서 30년의 거리를 두고 유년 시절의 트라우마를 담담하게 고백한다. 그 내용은 모든 것을 정언 명령처럼 규정하고 모든 문제에서 늘 혼자만 옳았으며, 그 때문에 자신을 무시하고 자신이 좋아했던 모든 일을 경멸하며 하찮게 여긴 '전지전능한' 아버지가 준 상처였다.

이러한 상처는 어릴 때부터 소심하고 내성적이었던 카프카의 성격을 더욱 심화시켰다. 결국 그는 자기 밖으로 빠져나와 타인과 허심탄회한 대화를 나누는 데 어려움을 겪는다. 특히나 어린 시절 카프카는 타자에 대한 감정, 문학에 대한 관심, 삶에 대해 자신만의 고유한 생각을 가지는 것을 부적절한 행위로 여겼다. 그리고 이런 생각을 할 때면 아버지와 아버지의 건강한 세계에 대해 큰 죄를 범하고 있다는 죄책감에 사로잡히곤 했다. 우리가 카프카의 작품 전반에서 자주 만나게 되는 의사소통의 부재, 죄의식, 전지전능한 신의 모티브는 대부분 이처럼 아버지에 대한 기억에서 비롯된다.

한편 카프카는 〈아버지에게 드리는 편지〉에서 아버지와 맺은 관계 속에서 자신이 결혼이라는 제도와 어울리지 않는 사람이 되었음을 고백한다. 여기에서 우리는 그가 평생 여자들과 원만한 관계를 맺지 못한 원인이 오이디푸스 콤플렉스에 있다고 해석할 수 있다.

3

카프카의 지적 능력과 문학에 대한 관심은 매우 뛰어났다. 그는 큰 문제없이 김나지움[2]을 졸업하고 프라하의 독일계 대학에서 독일 문학을 공부하기 시작하지만, 법관이 되라는 아버지의 뜻에 따라 세 학기 만에 법학과로 전과한다. 그러면서도 그는 철학과 수업을 듣기도 하고, '프라하 독일 대학생 독서 클럽'에 가입하거나 여러 문학 카페에 참여하기도

---

2) Gymnasium. 독일의 전통적 중등 교육 기관으로 우리나라 인문계 고등학교에 해당한다.

│ 프라하 전경

카프카가 생의 대부분을 보낸 체코의 프라하는 그가 태어날 당시 오스트리아—헝가리 이중 제국의 수도였
다. 체코에서 태어나 독일어를 쓰는 유대계 사회에서 자란 카프카에게 프라하는 그의 존재와 정신적 태도,
그리고 문학 창작에 결정적 역할을 하였다.

한다. 또한 〈어느 투쟁의 기록Beschreibung eines Kampfes〉이나 〈시골에서의 결혼 준비Hochzeitsvorbereitungen auf dem Lande〉와 같은 작품도 이 시기에 여러 편 집필한다.

카프카는 1906년 대학에서 법학 박사 학위를 받고 법원에서 1년간 수습 교육까지 마쳤으나, 법관이나 변호사가 될 생각은 추호도 없었다. 그는 1908년 프라하의 노동자 재해 보험국에 취직하여 생을 마감하기 2년 전인 1922년까지 그곳에서 일하게 되는데, 그러면서 그는 비참한 노동자의 삶과 자본주의 사회의 모순을 파악한다. 그리고 이때의 경험을 토대로 훗날 〈변신Die Verwandlung〉에서 개인의 소외와 무력감에 대해 깊이 있는 통찰을 하게 된다.

하지만 그는 일생 동안 자신이 가치 없는 존재라는 생각을 떨치지 못했다. 특히 그는 자신의 작품에 대해서도 과도하게 그 가치를 깎아내렸다. 그 결과 동시대 작가 대부분이 이미 학창 시절에 첫 작품을 발표한 것과는 달리, 그는 1908년 〈휘페리온Hyperion〉지(誌)에 단편 몇 편을 발표한 것 외에는 20대 중반이 지나도록 여전히 자신의 이름으로 된 책을 내지 못했다. 이런 그가 독일 문단에 발을 들일 수 있도록 이끈 이가 바로 작가 겸 평론가인 막스 브로트(Max Brod, 1884~1968)이다. 1905년 카프카는 긴 고민 끝에 친구인 브로트에게 〈어느 투쟁의 기록〉을 읽어 달라고 부탁한다. 이 작품을 읽고 깊은 인상을 받은 브로트는 신문을 통해 열광적인 찬사를 보내며 완전히 무명이었던 카프카를 장래가 유망한 젊은 작가로 소개한다. 이때부터 브로트는 카프카의 천재성을 누구보다 확고하게 인정하며, 지속적으로 출판 기회를 주선했다. 1912년 브로트는 카프카를 출판인 쿠르트 볼프(Kurt Wolff, 1887~1963)에게 소개한다. 볼프는 그의 작품에 큰 감동을 받고도 차일피일 미루며 출판을 주저하였다. 작품의 난해함이 걸림돌이 되었기 때문이다. 이런 상황에서도 자신감이 없었던 카프카는 자신에게 찾아온 좋은 기회를 살리지 못했고, 그의 친구들도 카프카의 마음을 돌릴 수 없었다. 카프카는 친구들의 격려와 응원을 들으면 매우 회의적인 태도를 취했고, 친구들의 긍정적인 비평조차 불신했다.

4

카프카의 자기 불신은 개인사에도 영향을 미쳤다. 카프카는 늘 가족을 최고의 재산이라 생각하면서도, 자신에게는 이런 시민적 행복이 찾아오지 않을 것이라 여겼다.

1912년 그는 그의 단편 〈선고 Das Urteil〉와 밀접한 관련을 맺는 인물인 펠리체 바우어(Felice Bauer, 1887~1960)를 막스 브로트의 집에서 처음 만난다. 그리고 몇 주 만에 둘은 자주 편지를 교환하는 사이가 된다. 카프카는 이후 5년 반 동안 자신의 작품 계획, 신세 한탄, 소망, 그리고 자기 행위를 합리화하는 내용이 담긴 편지를 그녀에게 보낸다. 이로써 그들은 연인 사이가 되었지만, 사실 그 뒤에도 내밀한 관계로까지는 발전하지 못한다. 두 사람의 만남은 거의 편지를 통해 이루어졌으며, 직접적인 만남은 고작 몇 번뿐이었다. 카프카는 격렬한 내적 갈등 속에서도 바우어와 두 번이나 약혼을 한다. 그녀는 1917년 9월 카프카가 폐결핵 진단을 받을 때까지도 그와 결혼할 희망을 버리지 않았고, 카프카 자신도 그녀와 함께할 미래를 꿈꾸었다. 그러나 그의 타고난 소심함과 자기 미래에 대한 불신이 발목을 잡았다. 카프카는 결혼을 하기에는 스스로가 문학에 너무 깊이 빠져 있었고, 이 때문에 자신이 그녀를 불행하게 만들지도 모른다고 여긴 듯하다. 바우어와 파혼한 이후, 카프카는 가난한 제화공의 딸인 율리에 보리체크(Julie Wohryzek, 1891~1944)와 세 번째 약혼을 하지만 얼마 지나지 않아 다시 파혼한다. 이때에도 고질적인 내면의 불안감이 작용한 것으로 보인다.

카프카는 요양소와 여동생의 집을 전전하며 투병 생활을 이어간다. 그의 병세는 생각보다 심각했지만, 정작 그는 자신의 병을 예상하고 있었던 듯 그리 크게 놀라지 않았다. 그는 죽음에 대해 마치 스토아학파 철학자처럼 관조하는 태도를 지킨다.

1924년, 카프카는 다소 희극적인 동시에 성찰적 에세이 같은 작품인 〈요제피네, 여가수 또는 쥐의 족속Josefine, die Sängerin oder das Volk der Mäuse〉을 발표한다. 자신을 위대한 여가수라고 생각하는 쥐 요제피네는 휘파람만 불 수 있을 뿐 정작 노래 실력은 보잘것없다. 그러나 다른 쥐들은 그녀의 노래를 제대로 듣지도 않고, 또한 그 노래를 이해하지 못하기 때문에 오히려 그녀를 숭배한다. 카프카는 이 부조리한 상황을 통해 예술과 예술가, 그리고 관객 사이의 우스꽝스러운 관계를 재기발랄한 솜씨로 다룬다. 그리고 이 글을 통해 그는 생의 종착점에서 작가인 자신의 정체성을 다시 생각한다.

카프카는 1924년 6월 3일 키어링(Kierling)의 요양원에서 숨을 거둔다. 그는 출판되지 않은 작품들을 전부 없애고 이미 출간된 작품도 재판 발행은 하지 말아 줄 것을 브로트에게 부탁하지만, 브로트는 친구의 유언을 듣지 않고 그의 작품을 세상에 알린다. 이로써 카프카의 이름과 작품은 그가 죽은 뒤 세계적 명성을 얻게 된다.

Ⅱ. 프란츠 카프카의 작품 세계

1

〈선고〉는 1913년에 출판되었지만, 카프카가 이 작품을 탈고한 것은 1912년 9월이다. 이 시기는 그가 첫 번째 소설집 《성찰 Betrachtung》의 원고를 넘긴 직후이자, 펠리체 바우어와 처음 만난 지 얼마 되지 않은 때이기도 하다. 그가 이 소설을 그녀에게 헌정하였고, 그녀 이름의 머리글자가 작품 속 주인공의 약혼녀 '프리다 브란덴펠트(Frieda Brandenfeld)'의 머리글자와 일치한다는 점에서 이 소설이 카프카 자신의 체험과 깊이 연관되어 있음을 알 수 있다.

카프카가 스스로 단 여덟 시간 만에 써 내려갔다고 고백한 〈선고〉는 결혼을 두고 갈등을 벌이는 아버지와 아들의 이야기를 다루고 있다. 초반부에는 기력이 다한 노인 같던 아버지는 어느 순간 거인처럼 변하여 아들 게오르크의 결혼에 대해 당혹스러울 정도로 서슬 퍼런 비난을 쏟아붓고, 사업과 결혼이라는 인생의 과정에서 승승장구하던 게오르크는 그런 아버지의 명에 따라 스스로 강물에 몸을 던진다. 평생을 아버지에게서 벗어나고자 했지만 현실적으로는 제대로 독립하지 못했고, 결혼이라는 제도에서 느끼는 불안감마저 극복하지 못했던 카프카의 삶과 연결지어 해석할 수 있는 부분이다. 이런 점에서 카프카가 이 작품을 약혼녀에게 바친 것은 매우 의미심장하다.

카프카는 〈선고〉를 자신이 쓴 소설 중에서도 특별히 아끼고 인정했다고 전해진다. 그것은 작품의 미학적 완성도가 뛰어나고 그가 이 작품을 계기로 대중 앞에서 작가로서의 입지를 다졌기 때문이기도 하겠지만, 무엇보다 작품 속에 자신의 삶이 짙게 배어 있었기 때문일 것이다.

하지만 일련의 전기적(傳記的) 내용에 바탕을 둔 해석은 페테르부르크의 친구가 아버지와 아들의 갈등에서 왜 중요한지, 게오르크의 죄는 무엇인지 완전히 해명하지 못한다. 이 작품에서 가장 부조리한 부분은 게오르크가 러시아로 떠난 친구에게 진심이 담긴 연락을 취하지 않았다는 이유로 아버지에게 사형 선고를 받는 장면이다.

> "이제 너는 너 말고도 세상에 뭐가 있는지 알았겠지. 여태까지 너는 너 자신 밖에 몰랐다. 너는 원래 순진한 아이였어. 하지만 더 근본적으로는 악마 같은 인간이었지. ─ 그러니 이것만은 알아라, 내가 너에게 물에 빠져 죽을 것을 선고하노라!"

이와 관련하여 주목할 부분은 그가 친구와 굉장히 형식적으로 편지를 교환하고 있다는 점이다. 다시 말해 게오르크는 이 친구에게 자신의 사생활을 비밀에 부치고, 친구가 경제적으로 궁핍해졌음에도 적극적으로 도와주지 않는다. 약혼을 알리는 마지막 편지조차도 경직되고 사무적인 표현으로 마무리함으로써 게오르크는 친구와 의도적으로 거리를 두려 한다. "너 정말 페테르부르크에 친구가 있기는 한 거냐?"라는 아버지의 질문은 이러한 문제와 연관된다.

피상적인 인간관계만을 고집하는 게오르크의 태도는 그가 늙은 아버지를 걱정하는 장면에서도 드러난다. 그는 아버지가 어떤 마음으로 살고 있는지에 무관심했고, 병든 아버지에 대한 걱정도 진심에서 우러나는 내적인 부분이라기보다는 식사나 의복 같은 기술적인 문제로 한정된다. 아버지는 타인에 대한 아들의 이러한 무관심, 다시 말해 타인과 감정적 교

카프카 동상

프라하에 자리한 이 동상은 체코의 한 조각가가 카프카의 〈어느 투쟁의 기록〉에서 영감을 얻어 만들었다. 머리 없는 인물상 어깨에 카프카가 걸터앉은 형태로, 유대인과 체코인의 경계인을 상징한다.

류를 나누지 못하는 아들의 무능력을 포착한다. 그리고 "여태까지 너는 너 자신밖에 몰랐다."라는 말로 그러한 태도의 원인을 미성숙한 아이가 보이는 자기중심성에서 찾는다. 이에 비해 아버지는 폭군처럼 보이지만 사실은 진심을 갖고 타인과 관계를 맺을 수 있는 사람이다. 즉 게오르크가 어떤 감정적 자극도 느끼지 못하는 미숙한 어린아이인 반면, 아버지는 페테르부르크의 친구를 자기편으로 만들고 게오르크의 어머니 즉 자신의 아내에게 애도를 표할 줄도 안다는 점에서 성인(成人)이다. 게오르크의 눈에 아버지가 자신보다 훨씬 힘이 센 거인처럼 보이는 것은 당연하다. 나아가 게오르크가 감정이 완전히 마비된 자폐증 환자처럼 보인다면, 아버지는 생기가 넘치는 인간이다. 그리고 이 '생기주의(生氣主意)' 원칙에 입각하여 아버지는 아들에게 유죄 선고를 내릴 권리를 얻는다. 유기체가 생기를 잃고 죽은 세포를 분리해 내듯 아무런 감정을 느끼지 못하는 인간은 인간 세계에서 제외시켜야 한다는 의미이다. 이런 측면에서 게오르크의 죽음은 자연의 법칙처럼 필연적이다. 이에 더해 아버지가 자기 몰래 페테르부르크에 있는 친구와 편지를 교환했다는 사실까지 알게 되며 자신이 인간 공동체에서 배제되었음을 인식하는 순간, 그에게 다른 탈출구는 존재하지 않는다. 결국 게오르크는 아버지의 선고를 순순히 받아들이고 스스로 그것을 실행에 옮긴다.

어느 날 아침 불안한 꿈에서 깨어났을 때, 그레고르 잠자는 침대 속에서 자신이 흉측한 해충으로 변해 있음을 깨달았다.

주인공 그레고르 잠자가 흉측한 해충으로 변한 자신의 모습을 발견하며 시작되는 〈변신〉은 카프카의 소설 중 가장 널리 알려져 있는 작품이다. 그레고르는 벌레로 변한 뒤에도 자신의 새로운 모습에 거의 놀라지 않는다. 그는 그저 약간 우울한 마음으로 '조금만 더 자고 난 다음에 말도 안 되는 이 모든 일들을 다 잊어버렸으면 좋겠다'고 생각할 뿐이다. 오히려 그는 새벽 4시에 맞추어 놓은 자명종 소리를 듣지 못했다는 사실에 비로소 깜짝 놀란다. 그레고르는 방 안에 있는 가구가 흔들릴 정도로 크게 울리는 시계 소리에도 자신이 어떻게 편안히 잠을 잘 수 있었는지 의아해한다. 하지만 그것은 충분히 가능한 일이다. 그레고르 자신의 무의식에 휴식과 안정에 대한 욕구가 가득했기 때문이다.

'하필 왜 이렇게 힘든 직업을 선택했을까! 매일 출장이라니. 원래부터가 본사 근무보다 스트레스도 훨씬 심한 일인 데다가, 출장 때문에 신경 쓸 일까지 과중되니 말이야. 제시간에 맞춰 기차를 연이어 타야 하고, 식사는 불규칙적이고 형편없지. 매번 바뀌어서 결코 지속될 수 없으며 진심으로 마음을 나눌 수 없는 인간관계까지. 차라리 악마란 놈이 이 모든 걸 갖고 가버렸으면 좋으련만!'

그레고르의 심리적 압박감이 가장 잘 드러나는 대목이다. 아마 이런 생각들이 그가 시계 소리도 무시할 정도로 깊은 잠에 빠지도록 만들었을 것이다. 분명한 점은 영업 사원으로서 계속 떠돌아다녀야 하는 삶의 방식에 그레고르는 저항하고 있었으며, 이 저항이 그가 해충으로 변신하는데 영향을 미쳤다는 것이다. 변신을 함으로써 이제 그는 더 이상 출장 걱정을 하지 않아도 된다.

하지만 그 변신의 모습이 하필 왜 모든 가족이 경악할 수밖에 없을 정도로 흉측한 모습이어야 했을까? 그레고르의 다음과 같은 푸념에서 그 답을 찾을 수 있다.

'부모님 때문에 내가 참고 있지만 그 이유만 아니라면 진작 사표를 던지고 사장 앞에 당당히 서서 그동안 속에 담고 있던 말들을 모조리 쏟아 냈을 거야. 그러면 사장은 책상에서 나자빠지고 말걸.'

그레고르의 저항감은 이미 오래전부터 그의 마음에 쌓여 있었다. 다만 그는 아버지가 사업 실패로 진 빚을 갚고, 가족의 생계를 책임져야 한다는 의무감 때문에 불만을 억누르고 있었을 따름이다. 그래서 그레고르는 겉으로는 개인적인 삶은 전부 포기한 것처럼 보일 정도로 매사에 고분고분하고 순종적이었을 뿐만 아니라, 이런 지독한 자기희생에서 자부심과 행복을 느끼기까지 한다. 하지만 카프카는 그레고르를 흉측한 해충으로 변신시킴으로써 불행하고 노예 같은 삶(실존)에 대해 오랫동안 억눌렸던 그의 저항감을 형상화한다. 이런 관점에서 그로테스크 기법은 억눌린 진실을 밝히는 기능을 한다.

그레고르의 가족이 진실을 접하고 경악하는 장면도 놀랍지 않다. 그들은 그레고르가 그토록 흉측하게 변한 것에 일정 부분 책임이 있기 때문이다. 가족들은 그레고르를 흡사 노예처럼 부렸다. 천식 때문에 활동 능력을 잃은 어머니는 제쳐 두더라도, 아버지는 사업 실패 후 대부분의 시간을 신문을 읽는 데 보내거나 침대 위에서 지냈고 여동생 역시 철부지처럼 안락한 삶만 누리려 했다. 그리고 그들은 저절로 뒷걸음 질 치게 만들 정도로 끔찍하게 변한 그레고르의 모습에서 지금까지 너무나도 비인간적이었던 자신들의 얼굴과 마주하게 된다. 이러한 관점에서 그레고르가 원래 모습으로 되돌아오기 위해서는 가족들의 헌신과 관심이 필수적이었을 것이다. 하지만 이들은 이해와 애정의 태도를 보여 주는 대신 그를 외면하고 배척한다. 이로써 가족들은 또 한 번 가감

〈변신〉 초판(1915)

없이 자신들의 민낯을 드러낸다.

어느 날 아버지는 방에서 나오는 그레고르에게 사과 폭탄 세례를 퍼부어 중상을 입힌다. 그레고르가 변신한 후, 아버지는 갑자기 위압적인 지배자의 모습으로 돌변한다. 아들에게 익사를 명하는 〈선고〉의 아버지와 비슷하다. 카프카는 여기에서 그의 작품의 라이트모티프[3]인 권위적 아버지상(像)을 비판적으로 묘사한다. 그런데 흥미롭게도 게오르크의 여동생 역시 아버지의 모습과 매우 흡사하다. 가족 중 유일하게 그녀만이 오빠의 방에 들어가 오빠를 관리하며, 다른 가족이 이 일에 관여하는 것을 극도로 싫어한다. 그녀는 최소한 오빠에 대해서만은 자신이 주인이 되어 권력자로 군림하려 한다.

---

3) Leitmotiv. 원래는 음악 용어로 특정 인물·물건·사상과 관련되어 반복되는 곡조가 나타나는 것을 일컫는 말. 이외에도 문학이나 미술 작품, 또는 특정 집단에서 반복적으로 나타나는 주제, 중심 사상을 가리킨다.

이런 관계 속에서 그레고르의 상태는 점점 더 악화된다. 가족은 그를 방치하고, 인간의 언어로 그에게 말을 걸지 않으며, 방 안의 가구를 치우면서 그가 인간이었을 때의 기억까지도 모조리 빼앗는다. 카프카는 이런 일련의 사건들을 특유의 즉물적이고 섬세한 문체로 표현한다. 허약한 몸으로 먼지를 뒤집어쓴 채 쓰레기 더미를 헤매는 해충은 이제 가족의 살에 박힌 가시이자 가족이 외면하고자 하는 진실이 된다. 그가 여동생의 바이올린 연주에 매혹되어 마지막으로 방 밖으로 나왔을 때, 가족들은 애써 억누르고자 했던 진실과 다시 한번 확실히 마주하면서 쌓아 왔던 분노를 표출한다. 그리고 그레고르는 죽음으로써 가족들의 분노에 대한 책임을 지게 된다. 그는 가족이 자신을 버렸다는 슬픔보다는 그들을 감동과 사랑의 마음으로 회상하면서 조용히 눈을 감는다. 그리고 카프카는 그레고르의 죽음과 그가 죽은 뒤 홀가분한 마음으로 나들이를 떠나는 가족들의 태도를 대비해, 존재의 허무와 소외라는 현대인의 비극성을 다시 한번 강조한다.

3

〈시골 의사 Ein Landarzt〉는 1917년 발표되었으나 1919년 같은 이름의 단편집에 다시 수록된다. 카프카는 그의 작품 중 가장 환상적이고 몽환적인 이 작품에 대한 영감을 외삼촌인 지크프리트 뢰비(Siegfried Löwy, 1867~1942)에게서 받았다. 카프카가 가장 잘 따랐던 외삼촌 역시 주인공과 마찬가지로 시골에서 공의(公醫)로 일하면서 환자를 치료하기 위해 여러 마을을 돌아다녔다.

이 작품은 주로 정신 분석학적 관점에서 해석된다. 작품 속 비현실적인 세계가 사실은 의사 자신의 무의식적 산물이라는 것이다. 그러나 환자를 과학적으로 치료하는 현대 의학과 샤먼[4]의 주술적 힘을 빌려 치료하는 시골의 민간 치료 의식이 대조를 이루는 장면을 주목하여 본다면, 이 작품에는 현대 문명과 현대 의학으로 대변되는 과학 맹신주의에 대한 카프카의 비판적 입장이 담겨 있다고 해석할 수 있다. 카프카는 현대 의학에서는 환자의 행복이 의사의 우연한 처분에 전적으로 달려 있다는 점에 주목했다. 또한 현대 의학은 이윤만을 추구하는 의사들이 틀에 박힌 치료법만을 고집하거나 성의 없이 치료하다가 오진을 할 가능성이 높으며, 눈에 드러난 결과에만 집착할 뿐 총체적인 시각에서 환자의 병에 접근하지 않는다는 치명적인 한계를 안고 있다. 그래서 카프카에게 병이 든다는 것은 인간 존엄성에 위기가 닥쳤음을 의미한다.

이런 관점으로 이 작품의 줄거리를 살펴보자. 늙은 시골 의사가 중환자를 치료하기 위해 추운 날씨에 왕진을 떠날 준비를 한다. 의사는 말을 빌리러 하녀 로자를 마을로 보내지만 실패하고 만다. 그때 수년 동안 방치했던 돼지우리에서 힘세 보이는 말 두 마리와 이 말들을 마차에 매어 주겠다고 자청하는 마부가 튀어나오는 기이한 사건이 발생한다. 마부가 마차를 빌려주는 대가로 로자에게 접근하자, 로자는 필사적으로 저항한다. 그러나 시골 의사는 이를 방관하고 그냥 출발한다.

마차는 순식간에 환자의 집에 도착한다. 그리고 진찰 결과 어린 소년인 환자는 예상대로 건강했다. 의사는 짐을 꾸려 일어나려 한다. 그러

4) shaman. 원시적 종교의 한 형태인 샤머니즘(shamanism)에서 말하는 주술사이다. 신령·정령·사령(死靈) 등과 영적으로 교류하는 능력이 있으며, 예언·치병(治病)·악마 퇴치 등의 행위를 하는 사람을 말한다.

나 바깥에 매어 둔 말들이 스스로 창문을 열어 대가리를 집어넣고 방 안을 들여다보는 신비한 분위기 속에, 환자의 가족들은 거듭 진찰을 부탁한다. 그제야 비로소 의사는 소년의 옆구리에 손바닥 크기의 상처가 나 있고, 그 안에는 새끼손가락만 한 벌레들이 들러붙어서 꿈틀거리고 있는 모습을 발견한다. 이때 소년은 의사의 귀에다 자신이 '이렇게 멋진 상처를 가지고 태어났다'고 속삭인다. 이는 소년의 병은 인간이라면 누구나 지고 있는 보편적 원죄(原罪)에서 비롯되었으며, 따라서 현대 의학, 즉 외과적 시술을 통해서는 치료될 수 없음을 암시하는 장면이다.

현대 의학의 지식을 갖춘 의사가 치료에 실패하자 소년의 치료는 곧바로 '제의적(祭儀的) 의식'으로 변화한다. 카프카는 이 작품을 집필할 당시 초기 인류학이 이룬 연구 성과, 특히 원시 부족이 사용한 환자 치료법에 관심을 갖고 있었다. 작품에서는 환자의 치료를 의사만이 독점하는 것이 아니라 온 마을 공동체가 함께 의식에 참여하는 모습으로 표현한다. 학교 합창단이 찾아와 가락이 단순한 노래를 부르는 사이 환자와 마을 주민, 그리고 시골 의사는 거의 무아지경의 최면 상태에 빠진다. 그리고 의사는 문명의 껍데기인 옷이 벗겨진 채 원시인들이 기적을 일으켜 치료한다고 믿었던 샤먼의 근원 상태로 돌아간다. 그다음 사람들은 그를 소년 곁으로 데리고 가 상처가 난 곳 옆에다 눕히는 의식을 치른다. 이것은 치료자와 환자가 직접적인 신체 접촉을 통해 병을 치료했던 원시적 치료법을 상징한다.

하지만 침대에 남게 된 두 사람의 대화에서 이 병이 치료될 수 없음이 드러난다. 소년의 병이 인간의 보편적 원죄에서 비롯되었다면 결국 시골 의사 역시 이 소년과 같은 병을 갖고 있을 것이기 때문이다. 병든 소년은 의사가 자신과 동일한 상처를 안고 있다는 사실을 눈치챈다.

"아세요?" 소년이 내 귀에 대고 속삭이는 말을 듣는다. "저는 당신을 그다지 믿지 않아요. 당신도 어디선가 여기로 내던져진 거잖아요. 제 발로 이리로 오신 게 아니잖아요. 도와주기는커녕 제가 죽을 자리만 비좁게 만드시는군요. 정말 당신 눈을 후벼 파고 싶네요."

자신의 무기력함을 느끼자 시골 의사는 이 샤먼의 주술로부터 자신의 합리적이며 과학적인 의학 세계로 복귀하기 위해 알몸으로 탈출을 시도한다. 하지만 그가 갈망했던 집으로 돌아가는 일, 즉 자신의 개인적·직업적 정체성을 되찾는 일은 더 이상 쉽지 않다. 이미 과학 문명 속에 사는 인간의 무능을 직접 체험했기 때문이다. 그래서 그는 번개처럼 빨리 달려왔던 처음 왕진 길과는 달리, '영감님들처럼 느릿느릿하게' 눈 덮인 벌판을 지나 집으로 돌아가게 된다.　　　　　　　　　　　　－ 최성욱

토론·논술 문제편

그레고르의 변신이 어떤 뜻인지 생각해 보고
현대 사회의 인간 소외를 이해한다.

1. 〈변신〉에 나타나는 가족 문제를 알아보고, 변화하는 가족의 의미에 대해 생각해 본다.

2. 그레고르가 벌레로 변신하기 전과 후의 일상을 살펴보고, 그가 벌레로 변신한 이유를 말할 수 있다.

3. 그레고르 가족의 태도를 통해 현대 사회의 인간 소외 문제를 말할 수 있다.

4. 그레고르의 죽음에 대해 살펴보고, 그 죽음의 책임에 대해 말할 수 있다.

5. 인간 소외가 개인의 문제인지 사회의 문제인지 토론할 수 있다.

6. '변신'의 상징적 의미를 해석하고, 이를 현대 사회의 상황에 구체적으로 적용할 수 있다.

1 변신 전 그레고르 잠자의 삶과 관련된 설명으로 옳지 <u>않은</u> 것을 모두 골라 봅시다.

① 불규칙적인 식사와 오래 지속되지 못하는 인간관계에 힘들어하고 있다.

② 출장 시간에 맞춰 기차를 연이어 타야 하기 때문에 늘 불안한 마음을 갖고 있다.

③ 일에 조금만 게으름을 피워도 곧바로 의심을 받기 때문에 긴장감을 놓지 못하고 있다.

④ 잠이 부족할 정도로 바쁜 일정이지만, 가끔은 휴가를 얻어 자기만의 시간을 갖기도 한다.

⑤ 항상 출장을 다녀야 하는 외판 사원이라는 직업이 적성에 잘 맞지만, 수입이 좋지 않아 그만두려고 한다.

2 변신한 그레고르와 마주한 사람들은 다양한 반응을 보입니다. 각 반응에 해당하는 인물을 작품 속에서 찾아 써 봅시다.

(1) 지팡이를 휘두르고 야만인처럼 쉬쉬 소리를 내며 그레고르를 방 안으로 야멸차게 몰아댔다.

....

(2) 그레고르를 제대로 쳐다보지도 못하고 철퍽 주저앉더니, "사람 살려, 아이고, 사람 살려!"라고 소리를 지르며 도망쳤다.

....

(3) 그레고르를 보자마자 조용히 뒷걸음질을 치더니, 마치 불에 발바닥을 덴 사람처럼 재빠르게 집 밖으로 달아났다.

....

3_ 집안에서 경제적 책임을 지고 있던 그레고르가 변신한 후 가족들의 직업에 변화가 생깁니다. 가족들의 상황이 어떻게 달라졌는지 적어 봅시다.

	변신 전	변신 후
아버지	무직 (사업 실패 후 은퇴)	
어머니	무직	
그레테	무직 (간혹 집안일을 거들거나 바이올린을 연주함)	

4_ 다음을 읽고, 작품의 내용과 맞으면 ○표, 틀리면 ×표를 해 봅시다.

(1) 그레고르는 벌레로 변신한 자신을 보고도 시간에 맞춰 출근해야 한다는 생각뿐 이었다. ( )

(2) 그레고르는 벌레로 변신한 후 사람들이 말하는 것을 이해하지 못하게 되었다. ( )

(3) 그레고르는 자신의 모습을 보면 누구나 깜짝 놀랄 것이라고 생각했기 때문에 끝까지 방에서 나오려 하지 않았다. ( )

(4) 그레고르는 시계탑의 시계가 새벽 3시를 알리는 순간에 마지막 숨을 쉬며 홀로 죽음을 맞았다. ( )

(5) 벌레로 변신한 후에는 우유밖에 먹을 수 없었던 탓에 그레고르가 죽은 뒤 그의 몸은 바짝 말라 있었다. ( )

5_ 그레고르가 자신의 방 안에 걸려 있는 그림을 여동생에게 넘겨주지 않으려 한 이유를 한 문장으로 써 봅시다.

> 그래, 그럼 어디 한번 해보라지! 그는 깔고 앉은 이 그림을 결코 순순히 넘겨주지 않을 작정이었다. 그럴 바에는 차라리 그레테의 얼굴로 뛰어들며 덤벼들리라.

....

....

....

6_ 다음 제시문을 참고하여, 벌레로 변신한 그레고르의 등에 박힌 사과가 가져온 결과를 완결된 문장 형식으로 써 봅시다.

> 곧이어 두 번째 사과가 날아왔다. 그레고르는 놀라서 멈춰 섰다. 더 이상 달아나 봐야 소용없었다. 아버지는 그에게 무차별로 사과 폭탄을 날릴 작정이었다. 그는 주방의 작은 탁자 위에 있던 과일 접시에서 사과를 꺼내 주머니 가득 채우더니, 제대로 겨냥하지도 않은 채 잡히는 대로 그레고르를 향해 연거푸 던졌다. 작고 빨간 사과들은 마치 전류가 흐르듯 바닥으로 구르면서 서로 부딪쳤다. 약하게 던진 사과 하나가 그레고르의 등을 살짝 스쳤지만, 상처를 입히지는 않고 아래로 미끄러졌다. 그런데 곧이어 날아온 사과 하나가 그레고르의 등에 제대로 박히고 말았다.

....

....

....

....

7_ 다음 제시문을 읽고, 벌레로 변신한 그레고르의 처지를 잘 나타내는 한자성어를 <u>모두</u> 골라 봅시다.

> **가** 그는 열성을 다해 일을 시작했고, 순식간에 별 볼 일 없는 점원에서 외판 사원이 된 것이다. 당연히 외판 사원에게는 돈을 더 벌 수 있는 기회가 많았다. 실적은 즉각 현금 배당으로 돌아왔고, 집에 와서 그 돈을 식탁 위에 펼쳐 놓으면 가족들은 놀라워하면서도 매우 기뻐했다. 그때가 정말 좋은 시절이었다.
>
> **나** 언제나 가장 큰 푸념거리는 그레고르를 옮길 방법이 없어서 지금 형편으로는 너무 넓은 이 집을 떠날 수 없다는 것이었다. 그렇지만 그레고르는 이사를 못하는 이유가 자신에 대한 염려 때문만이 아니라는 것을 잘 알고 있었다. (중략) 가족들이 집을 옮기는 일을 망설이는 진짜 이유는 오히려 모든 친척과 지인들 가운데 그 누구에게도 일어나지 않은 불행을 자기네가 겪고 있다는 생각과 그로 인해 생겨난 극도의 절망감 때문이었다.

① 역지사지(易地思之)   ② 토사구팽(兔死狗烹)   ③ 수주대토(守株待兔)
④ 괄목상대(刮目相對)   ⑤ 감탄고토(甘吞苦吐)

8_ 다음 빈칸에 들어갈 알맞은 문장을 작품에서 찾아 써 봅시다.

> 여동생은 정말 아름답게 바이올린을 연주했다. 그녀는 얼굴을 한쪽 옆으로 기울인 채, 애수에 젖은 듯하면서도 세심하게 악보의 행을 따라 움직였다. 그레고르는 약간 더 앞으로 나아가, 그녀와 눈을 마주치기 위해 머리를 바닥에 바짝 붙였다. (   ) 마치 너무나 갈구해 왔던 미지의 음식으로 이어지는 길이 그의 앞에 나타난 것 같았다.

....

....

9_ 다음 빈칸에 공통으로 들어갈 알맞은 단어를 써 봅시다.

"엄마, 아빠!" 여동생은 말의 시작을 알리려는 듯 손으로 식탁을 내리쳤다. "더 이상은 이렇게 못 살겠어요. 엄마, 아빠는 아마 잘 모르겠지만, 전 알겠어요. 전 이 괴물 앞에서 오빠라는 이름을 부르고 싶지 않아요. 다만 말하고 싶은 건 우리가 (   )에게서 벗어나야 한다는 거예요. 우리는 (   )을/를 돌봐 주고 참아 내기 위해 사람의 힘으로 할 수 있는 노력은 다 했어요. 그러니 우리에게 조금이라도 비난을 퍼부을 수 있는 사람은 아무도 없을 거예요."

10_ 다음 빈칸에 들어갈 알맞은 문장을 작품에서 찾아 써 봅시다.

"여기 보세요, 그게 뻗었어요, 그게 저기 자빠져서 완전히 죽었다니까요!"
잠자 부부는 침대에서 일어나 앉았다. 그들은 파출부의 말이 무슨 뜻인지를 파악하기 전에 그녀 때문에 놀란 가슴부터 쓸어내려야 했다. 그러나 부부는 곧장 각자 누운 자리에서 황급히 뛰쳐나왔다. (중략) "죽었다고요?" 잠자 부인이 이렇게 말하고는 질문을 하듯 파출부를 쳐다보았다. 하지만 그녀가 직접 모든 것을 확인할 수 있었고 또 굳이 확인하지 않아도 알 수 있는 일이었다. "제가 보기엔 그래요." 파출부는 이렇게 말하며 그 증거로 그레고르의 시신을 빗자루로 밀어 좀 더 옆으로 보냈다. 잠자 부인은 빗자루를 막으려는 듯한 동작을 취했지만 실제로 그렇게 하지는 않았다. "자," 잠자 씨가 이렇게 말했다. (   )
그는 성호를 그었고, 세 여자도 따라 했다.

Step1 〈변신〉에 나타나는 가족 문제에 대해 알아보고, 현대 사회에서 변화하는 가족의 의미에 대해 말해 봅시다.

가-1 아버지를 침대로 데려다 놓은 다음 어머니와 여동생이 돌아와서 일거리를 놓아두고 뺨이 맞닿을 정도로 바싹 다가앉았을 때, 그러다 어머니가 그레고르의 방을 가리키며 "그레테, 저쪽 문을 닫아라."라고 말했을 때, 두 여자가 나란히 눈물을 흘리거나 아니면 눈물조차 흘리지 않고 식탁을 응시하는 동안 그레고르가 다시 어둠 속에 남게 되었을 때, 그의 등에 난 상처는 새로 생긴 것처럼 아파 오기 시작했다.

가-2 그가 방으로 들어가기 무섭게 문이 닫히더니 빗장이 단단히 걸렸다. 뒤에서 난 갑작스러운 소음에 너무나 놀라서 그레고르의 작은 다리들이 힘이 풀려 꺾이고 말았다. 그렇게 서둘러 문을 닫은 사람은 여동생이었다. 진작부터 그곳에 똑바로 서서 기다리고 있다가 재빨리 앞으로 튀어나왔기 때문에, 그레고르는 그녀가 오는 소리를 듣지 못했다. 자물쇠에 꽂은 열쇠를 돌리며 그녀는 "드디어 됐어요!" 하고 부모를 향해 외쳤다.

"그럼 이제 어쩌지?" 그레고르는 스스로에게 이렇게 묻고 어둠 속을 둘러보았다. 곧 그는 자신이 미동도 할 수 없게 되었다는 사실을 깨달았다. 하지만 그것이 놀랍지 않았으며, 사실 지금까지 자신이 이렇게 가는 다리로 계속 돌아다닐 수 있었다는 것이 오히려 이상하게 느껴졌다.

– 프란츠 카프카, 최성욱 옮김, 〈변신〉

나 전통 사회는 농업이 삶이 중심이었고 생활에 필요한 것들을 가정에서 직접 생산했기 때문에 가족의 노동력을 매우 중시했다. 따라서 조부모, 부모, 자녀 등 3세대 이상의 세대가 함께 모여 사는 확대 가족의 형태가 많았다. 그러나 오늘날에는 농업 외의 산업이 발달하고 개인의 자유와 행복을 중시하게 되면서 부모와 미혼 자녀로만 이루어진 핵가족이 가장 일반적인 가족 형태를 이루게 되었다.

가정의 기능도 변화했다. 예를 들면 생산 기능은 약화되고 소비 기능이 강화되었으며, 교육적 기능은 사회나 학교로 많이 옮겨졌다. 급변하는 사회 속에서 정서적 유대 및 안식의 기능은 매우 중요하게 여기고 있지만, 오늘날 가정은 그 기능을 제대로 수행하지 못하고 있다.

다 오늘날에는 핵가족마저 해체되는 추세이다. 가정의 **효용**이 점점 줄어들고 있기 때문이다. 부부간의 역할 분담도 모호해졌다. 아버지는 돈을 벌고 어머니는 살림을 한다는 전형적인 도식은 점차 사라지고 있다. 게다가 교육과 육아에서 가정이 차지하는 부분도 크게 줄고 있다. 아이들은 이제 집이 아닌 병원에서 태어나고, 탁아 시설에서 유아기를 보내며, 4~5세만 되어도 유치원에서 하루의 대부분을 보낸다.

가정에서 가족이 함께 모이는 시간은 저녁나절 잠깐뿐이다. 식구들은 대부분의 시간을 각자 다른 곳에서 보내며, 서로의 생활에 대해 아는 것이라곤 주변 동료만큼도 안 되는 경우가 많다. 이런 상황에서 가족이 유지되고 있다는 사실 자체가 오히려 신기하지 않은가?

– 안광복, 《철학의 진리나무》

라 1846년, 미국에서 계곡으로 놀러 온 야영객 81명이 눈사태에 조난당하는 사고가 일어났다. 이들 중에는 가족 단위로 온 사람들도 있었고, 딸린 식구 없이 혼자 온 성인 남녀도 있었다. 이 상황에서 가장 마지막까지 살아남은 사람은 누구일까? 사람들은 이 질문에 흔히 '성인 남자'라고 대답할 것이다. 하지만 인류학자 도널드 그레이슨의 분석은 이와 달랐다. 그레이슨이 이 사건을 조사한 결과, 생존자와 사망자를 가르는 결정적 조건은 바로 '가족'이었다. 즉 가족과 함께 있었는지 여부가 생존의 관건이었다. 가족의 규모가 클수록 개인의 생존 확률이 높아졌으며, 사망자의 경우에도 생존 기간이 더 길었다. 가족 단위의 사람들은 혈혈단신의 이방인도 가족처럼 대하며 공동체의 부재를 대신하려 했다. 개인 간의 폭력이나 갈등을 중재했으며, 식량을 공평하게 나누며 재미있는 이야기를 공유했다. 그레이슨은 "사람의 힘으로 추위와 기아를 막을 수는 없었다. 하지만 가족 내에서 상호 교환되는 어떤 힘이 공동체의 생존에 중대한 영향을 미쳤다."라고 결론 내렸다.

공동체를 가장 깊은 내면에서부터 **결속**시키는 일은 시장이나 국가가 할 수 없는 일이다. 가족이 서로에게 하는 행동이 만인을 위한 행동이 될 수도 있다. 오늘날 가족은 존폐의 위기에 내몰리고 있으나, 가족의 가치와 필요성을 깨닫는 것이 우리가 다음 세대에 남길 수 있는 진정한 유산이 될 것이다.

• **효용**(效用) : 보람 있게 쓰거나 쓰임. 또는 그런 보람이나 쓸모.
• **결속**(結束) : 뜻이 같은 사람끼리 서로 단결함.

1_ 오늘날 우리 사회에서 가족이 담당하는 기능은 무엇인지 말해 봅시다.

2_ 제시문 **가**에 드러나는 가족 문제와 그 원인을 **나**와 **다**를 참고하여 말해 봅시다.

3_ 미래 사회에는 가족의 형태와 의미가 어떻게 달라질지 자신의 생각을 말해 봅시다.

Step 2 그레고르의 변신 전후 상황을 비교해 보고, 벌레가 의미하는 것이 무엇인지 생각해 봅시다.

가 '하필 왜 이렇게 힘든 직업을 선택했을까! 매일 출장이라니. 원래부터가 본사 근무보다 스트레스도 훨씬 심한 일인 데다가, 출장 때문에 신경 쓸 일까지 과중되니 말이야. 제시간에 맞춰 기차를 연이어 타야 하고, 식사는 불규칙적이고 형편없지. 매번 바뀌어서 결코 지속될 수 없으며 진심으로 마음을 나눌 수 없는 인간관계까지. 차라리 악마란 놈이 이 모든 걸 갖고 가버렸으면 좋으련만!' (중략)

'사람은 잠을 자야 돼. 다른 외판 사원들은 하렘의 여인들처럼 사는데 말이야. 가령 내가 오전 내내 힘들게 얻은 주문서를 보내려고 숙소로 돌아오면 그 인간들은 그제야 아침 식사를 하고 있거든. 내가 우리 사장이 보는 앞에서 그랬다가는 당장 해고당할 일이지. 차라리 내 입장에선 그 편이 더 나을지 누가 알겠어. 부모님 때문에 내가 참고 있지만 그 이유만 아니라면 진작 사표를 던지고 사장 앞에 당당히 서서 그동안 속에 담고 있던 말들을 모조리 쏟아 냈을 거야. 그러면 사장은 책상에서 나자빠지고 말걸. 책상에 걸터앉아 높은 데서 직원들을 깔보며 말하는 그 꼬라지는 참 유별나기도 하지. 게다가 사장은 귀가 어두워서 아주 가까이 다가가서 말을 해야 하거든. 그나저나 아직 희망을 포기할 때는 아니지. 언젠가 부모님이 그 인간에게 진 빚을 갚을 만큼 돈을 모으기만 하면, — 물론 아직 5, 6년은 더 걸리겠지만 — 무조건 그렇게 하고 말 거야. 그렇게 되면 내 인생의 큰 전기(轉機)가 되겠지. 그러려면 일단 일어나야 해. 기차가 5시에 출발하니까.'

나 "저 애 몸이 좀 좋지 않습니다. 믿어 주세요, 지배인님. 그게 아니면 어째서 기차를 놓쳤겠어요! 저 애 머릿속에는 온통 회사 일뿐이에요. 저녁에도 외출 한번 하지 않아 제가 화를 낼 정도이지요. 요즘은 8일 동안 시내에서 일하면서도 저녁에는 집에만 있었어요. 그때도 식구들과 같이 식탁에 앉아 조용히 신문을 읽거나 기차 시간표를 살펴본답니다. 그나마 실톱으로 무언가를 만드는 일이 저 애의 유일한 낙입니다."

다 그레고르는 사업을 하다 망한 아버지에게는 단 한 푼도 남은 것이 없는 줄 알았다. 적어도 아버지는 그에게 이것을 부인하지 않았고, 그레고르 역시 아버지에게 그에 관해 묻지 않았다. 당시 그레고르의 관심사는 가족 모두를 완전한 절망 상태로 몰아넣은 사업 실패를 가족들이 최대한 빨리 잊을 수 있도록 전력을 쏟는 것뿐이었다. 그래서 그는 열성을 다해 일을 시작했고, 순식간에 별 볼 일 없는 점원에서 외판 사원이 된 것이다. 당연히 외판 사원에게는 돈을 더 벌 수 있는 기회가 많았다. (중략) 그 후에도 그레고르는 모든 가족의 생활비를 감당할 수 있었고 또 실제로 그렇게 했을 정도로 돈을 많이 벌긴 했지만, 찬란했던 그 시절은 두 번 다시 찾아오지 않았다. 가족이나 그레고르 모두 그런 생활에 그저 익숙해졌던 것이다. 가족은 고마운 마음으로 돈을 받았고 그레고르도 기꺼이 돈을 내놓았지만 그 이상의 특별한 온정은 없었다.

라 바로 그때 무언가가 가볍게 날아와 그의 곁에 떨어지더니 앞으로 굴러갔다. 그것은 사과였다. 곧이어 두 번째 사과가 날아왔다. 그레고르는 놀라서 멈춰 섰다. 더 이상 달아나 봐야 소용없었다. 아버지는 그에게 무차별로 사과 폭탄을 날릴 작정이었다. 그는 주방의 작은 탁자 위에 있던 과일 접시에서 사과를 꺼내 주머니 가득 채우더니, 제대로 겨냥하지도 않은 채 잡히는 대로 그레고르를 향해 연거푸 던졌다. 작고 빨간 사과들은 마치 전류가 흐르듯 바닥으로 구르면서 서로 부딪쳤다. 약하게 던진 사과 하나가 그레고르의 등을 살짝 스쳤지만, 상처를 입히지는 않고 아래로 미끄러졌다. 그런데 곧이어 날아온 사과 하나가 그레고르의 등에 제대로 박히고 말았다. 자리를 옮겨 보면 불시에 당한 이 엄청난 고통이 사라질지 모른다는 생각에 그레고르는 몸을 질질 끌어 움직여 보려 했다. 그렇지만 마치 못에 박힌 듯 꼼짝도 못 할 것 같다는 느낌이 들더니, 모든 감각이 갈피를 잃어버리며 마침내 그는 완전히 뻗어 버리고 말았다.

– 프란츠 카프카, 최성욱 옮김, 〈변신〉

마 우리가 돈으로 구입하는 모든 상품들은 누군가의 노동을 통해 세상에 나오게 된 것들입니다. 우리가 먹고 입고 쓰는 모든 것은 누군가가 땀 흘려 일한 결과물입니다. 그들의 노동이 있기에 옷을 입고 음식을 먹을 수 있는 것이죠.

그런데 자본주의 사회는 항상 고마워하고 감사해야 할 타인의 '노동'을 단순한 숫자로 바꾸어 놓습니다. 소중하고 아름다운 '인간' 관계를 깡그리 '돈' 관계로 바꾸어 버립니다. 이런 상황에서는 상대방의 노동에 대한 고마움을 느낄 수가 없고, 사람들은 '인간'보다 '돈'을 더욱 숭배합니다. 결국 인간의 자리를 돈이 차지하게 되고, 인간은 본래 인간으로서 받는 대우보다 못한 대우를 받게 됩니다. 자신의 자리에서 외면받는 것이죠.

– 임승수, 《원숭이도 이해하는 자본론》

1_ 그레고르가 벌레로 변신하기 전의 일상은 어떠했고, 그가 자신의 생활을 어떻게 생각했는지 이야기해 봅시다.

....

....

....

....

2_ 그레고르가 벌레로 변신한 후 가족들이 그를 어떻게 대했는지 살펴보고, 그렇게 행동한 이유를 이야기해 봅시다.

....

....

....

....

3_ 그레고르가 변신한 사건의 의미를 이야기해 보고, 그레고르가 벌레로 변신한 후에도 의사소통이 가능하거나 경제력이 있었다면 가족이 그를 대하는 태도가 달랐을지 자신의 생각을 이야기해 봅시다.

....

....

....

....

Step **3** 그레고르의 상황을 살펴보고, 인간 소외의 원인과 해결 방안을 말해 봅시다.

가 "우리는 저것에게서 벗어나야 해요." 여동생은 이제 아버지에게만 말했다. 어머니는 기침을 하느라 잘 듣지 못했다. "저게 두 분도 돌아가시게 할 거예요. 전 그렇게 생각해요. 정말 힘든 일을 할 수밖에 없는 우리 같은 사람들이 집에서도 이렇게 끝없는 고통을 겪으며 살 수는 없어요. 난 더 이상 못해요." 그리고 여동생은 왈칵 울음을 터뜨렸다. 그녀의 눈물은 어머니의 얼굴에까지 흘러내렸고 어머니는 기계적인 손놀림으로 그 눈물을 닦아 냈다.

"얘야," 아버지는 동정과 한층 더 깊어진 이해심으로 이렇게 말했다. "그럼 우리가 어떻게 해야 좋겠니?" (중략)

"쫓아 버려야 해요." 여동생이 소리를 질렀다. "그렇게 하는 수밖에 없어요. 아버지도 저게 그레고르 오빠라는 생각을 버리셔야 해요. 우리가 그토록 오랫동안 저걸 오빠라고 생각해 왔다는 것, 그것이야말로 진짜 우리의 불행이에요. 어떻게 저것이 그레고르 오빠가 될 수 있어요? 저게 진짜 그레고르 오빠라면, 우리가 자기 같은 동물과는 함께 살 수 없다는 것쯤은 벌써 알아차리고 제 발로 집을 나갔을 거예요. 그러면 오빠는 잃었을 망정 살아가면서 오빠에 대한 기억은 계속 명예롭게 간직할 수 있었을 거예요. 그런데 저 짐승은 우리에게 짐을 지우고, 하숙인을 내쫓고, 나중에는 틀림없이 집을 송두리째 차지하고서 우리를 골목에서 노숙하는 신세로 만들 거예요."

– 프란츠 카프카, 최성욱 옮김, 〈변신〉

나 내가 소행성 B162호에 대해 이렇게 번호까지 일러 주는 것은 어른들 때문이다. 어른들은 숫자를 좋아한다. 새로 사귄 친구 이야기를 할 때 가장 중요한 것은 물어보는 적이 없다. "그 애 목소리는 어떻지? 그 앤 어떤 놀이를 좋아하니? 나비는 수집하니?"라는 말들은 절대 하지 않는다.

"그 앤 몇 살이니? 형제는 몇이고? 몸무게는? 아버지 수입은 얼마야?" 하고 묻는다. 그제야 그 친구가 어떤 사람인지 알게 된 줄로 생각하는 것이다. 만약 어른들에게 "창가에는 제라늄 화분이 있고 지붕에는 비둘기가 있는 장밋빛 벽돌집을 보았어요."라고 말하면 어른들은 그 집이 어떤 집인지 상상하지 못한다. 어른들에게는 "10만 프랑짜리 집을 보았어요."라고 말해야만 한다. 그러면 그들은 "야! 근사하겠구나!" 하고 소리친다.

– 생텍쥐페리, 《어린 왕자》

140

다 처 지금 하시는 번역은 언제 끝나나요? (중략) 어떤 것이건 빨리 끝내야지, 어떻게 해요. 집도 수리해야겠구 축음기도 사야겠구, 또 이달에 아버지 생신도 있지 않아요?

교수 밤낮 생일을 치르고 있으니 어떻게 된 거요? 어제도 아버지 생신 잔치를 했는데.

처 당신두 참! 어제는 당신 아버지 생신이었어요. 이번엔 우리 아버지 생신이구.

교수 그저께도 누구 아버지 생일이라구 해서 돈 만 환을 내지 않았소?

처 그건 대식이 동생 사촌의 며느리뻘 되는 여자의 아버지 생일이래서 그랬지요.

교수 그 바로 전날에도 누구 아버지 생일이라고 해서 돈을 냈는데.

처 그건 순자 언니 조카뻘 되는 며느리 시누이의 아버지…….

교수 됐어, 됐어. (크게 하품을 하며) 아이 피곤해. (이때 밖에서 시계가 8시를 친다. 교수는 깜짝 놀라 일어선다.) 8시야, 8시! 늦겠군. (중략)

감독관 원고! 원고! (이윽고 교수는 번역을 시작한다. 감독관이 창문을 닫고 사라진다. 처가 들어온다. 큰 자루를 손에 들고 있다.)

처 어머나! 그렇게 벌거벗고 계시면 어떡해요. (막대기에 감긴 철쇄를 줄줄 끌어다 교수 허리에 감아 준다.) 감기에 걸리면 큰일 나요. (교수는 말없이 번역을 한다. 처는 의자를 하나 끌어다 교수 옆에 앉더니 큰 자루를 벌리고 교수를 주시한다.) 빨리! 빨리! (교수가 말없이 원고지 한 장을 쭉 찢어 처에게 넘겨준다. 처는 빼앗 듯이 원고지를 가로채더니 자루 안에 쓸어 넣는다. 그리고) 300환! (재빠르게 다음 페이지의 번역을 끝낸 교수가 다시 한 장을 찢어 처에게 넘긴다. 처는 같은 행동을 반복하며) 600환! (이어) 900환! — 이근삼, 〈원고지〉

라 "모두 같은 방에 들기로 하는 것이 어떻겠어요?" 내가 다시 말했다.

"난 지금 아주 피곤합니다." 안이 말했다. "방은 각각 하나씩 차지하고 자기로 하지요."

"혼자 있기가 싫습니다."라고, 아저씨가 중얼거렸다.

"혼자 주무시는 게 편하실 거예요." 안이 말했다.

우리는 복도에서 헤어져 사환이 지적해 준, 나란히 붙은 방 세 개에 각각 한 사람씩 들어갔다. (중략)

다음 날 아침 일찍이 안이 나를 깨웠다.

"그 양반 역시 죽어 버렸습니다." 안이 내 귀에 입을 대고 그렇게 속삭였다.

"예?" 나는 잠이 깨끗이 깨어 버렸다.

"방금 그 방에 들어가 보았는데 역시 죽어 버렸습니다."

"역시……" 나는 말했다. "사람들이 알고 있습니까?"

"아직까진 아무도 모르는 것 같습니다. 우선 빨리 도망해 버리는 게 시끄럽지 않을 것 같습니다."

"자살이지요?"

"물론 그렇겠죠."

나는 급하게 옷을 주워 입었다. 개미 한 마리가 방바닥을 내 발이 있는 쪽으로 기어오고 있었다. 그 개미가 내 발을 붙잡으려고 하는 것 같은 느낌이 들어서 나는 얼른 자리를 옮겨 디디었다.

밖의 이른 아침에는 싸락눈이 내리고 있었다. 우리는 할 수 있는 한 빠른 걸음으로 여관에서 멀어져 갔다.

"난 그가 죽으리라는 것을 알고 있었습니다." 안이 말했다.

"난 짐작도 못했습니다."라고 나는 사실대로 이야기했다.

"난 짐작하고 있었습니다." 그는 코트 깃을 세우며 말했다. "그렇지만 어떻게 합니까?"

"그렇지요. 할 수 없지요. 난 짐작도 못했는데……." 내가 말했다.

"짐작했다고 하면 어떻게 하겠어요?" 그가 내게 물었다.

"어떻게 합니까? 그 양반 우리더러 어떡하라는 건지……."

"그러게 말입니다. 혼자 놓아두면 죽지 않을 줄 알았습니다. 그게 내가 생각해 본 최선의, 그리고 유일한 방법이었습니다."   — 김승옥, 《서울, 1964년 겨울》

1. 제시문 **가**는 가족들이 벌레로 변신한 그레고르에 대한 인내심의 한계를 드러내는 부분입니다. 특히 여동생은 오빠를 '저것'으로 지칭할 정도로 혈연을 부정합니다. 작가가 이렇게 극단적인 갈등을 보여 주는 이유를 이야기해 봅시다.

....

....

....

2_ 제시문 **나**∼**라**는 제시문 **가**와 같은 인간 소외 현상을 보여 주고 있습니다. 제시문 **나**∼**라**에 드러나는 소외의 원인을 〈보기〉에서 찾아 적어 보고, 제시문 **가**의 원인을 이 중 하나에 연관 지어 이야기해 봅시다.

┤ 보기 ├
- **부품화**(部品化) : 인간을 기계나 어떤 부분에 쓰는 부품으로 취급하여 그가 하는 기능만을 중요하게 생각한다.
- **상품화**(商品化) : 인간을 물건이나 상품으로 취급하고 교환 가치에 따라 평가한다.
- **익명화**(匿名化)·**피상화**(皮相化) : 사람 사이의 관계에서 상대를 무관심하게 대하거나 이용 가치에 따라 분류하고 평가한다.

- **나** : ....   - **다** : ....

- **라** : ....

- **가**에 나타난 소외의 원인 : ....

....

....

....

3_ 문제 1,2번을 참고하여, 현대 사회의 인간 소외 문제를 해결할 방안에 대해 이야기해 봅시다.

....

....

....

....

Step**4** 그레고르가 벌레로 변신한 후 가족들이 그레고르를 대하는 태도는 확연히 달라졌고, 그러한 상황 속에서 그레고르는 죽음을 맞이했습니다. 그레고르의 죽음이 누구의 탓인지 토론해 봅시다.

주장 1 : 그레고르의 죽음은 가족들의 탓이다.
주장 2 : 그레고르의 죽음은 그레고르 자신의 탓이다.

가 첫날 오전에 어떤 핑계로 의사와 열쇠쟁이를 돌려보냈는지 그레고르는 전혀 알 수 없었다. 그의 말을 알아듣지 못했기 때문에 식구들 가운데 그 누구도, 여동생마저도 그가 다른 사람의 말을 알아들을 수 있으리라고는 전혀 생각하지 못했기 때문이다. 그래서 그는 여동생이 자기 방에 와 있을 때도 여기저기에서 그녀가 한숨 쉬는 소리와 성자(聖者)들을 불러 대는 소리를 듣는 것만으로 만족해야 했다. (중략)

새로운 소식을 직접 들을 수는 없었지만 그레고르는 여러 차례 옆방에서 들려오는 소리로 소식을 접했다. 일단 목소리가 들리기만 하면 그는 곧장 문 쪽으로 달려가 몸을 바짝 갖다 댔다. 특히 초기에는 오로지 은밀하게만 이루어진 대화였지만, 어떤 식으로든 그에 관해 이야기하지 않은 적이 없었다.　　　　　　　　　　－ 프란츠 카프카, 최성욱 옮김, 〈변신〉

나 • 소외(疏外) : 일반적으로는 사귐이 멀어진 상태를 말한다. 프로이트 학파에서는 문화나 기구에 대한 개인의 적응 장애로서 '개성 해체'의 한 특징으로 본다. 또한 철학에서는 자기 소외의 뜻으로 사용하는데, 즉 인간이 자기의 본질(본연의 자아)을 상실하여 비본질적 상태(자아 상실)에 놓이는 일을 일컫는다.

• 인간 소외(人間疏外) : 인간이 본래 가지고 있는 인간성을 박탈당해 비인간화되는 일을 말한다. 비인간화는 사회 제도나 정치·경제 체제 등 일반적으로 문명이라고 불리는 것의 발전이 오히려 인간에 대해 부정적인 영향을 미치는 데서 생긴다. 이러한 상태에서는 인간의 활동 주체가 당사자인 인간에 있지 않고 외부적이고 강제적인 다른 존재에 있는 것으로 나타나, 인간의 본질은 인간 밖에 존재하는 것으로 되고 만다.

고도화된 사회에서 어느 정도 불가피한 현상으로, 예를 들면 현대의 여러 가지 사회 병리 현상은 그 전형적인 발현이다. 이와 같은 현상은 이미 장 자크 루소가 지적했고, 카를 마르크스는 그 원인이 자본주의 체제에서 유래한다고 보았다.

다 소외란 가치 중립적인 사실에 대한 개인의 주관적인 느낌이다. 이들이 거론하고 있는 소외감은 대체로 무력감이니 무의미성이니 무규범성이니 하는, 대중 사회에서 가지는 지극히 개인적인 차원의 느낌들이다. (중략) 주관적인 감정을 강조하는 사회 과학자들은 소외를 현대 사회, 정확하게 말하면 개인들의 집합에 불과한 대중 사회에서 다양하게 나타나는 현상으로 본다. 소외는 주관적 감정이기 때문에 동일한 환경 속에 있는 사람들이라도 누구는 그것을 의식하고 누구는 의식하지 못할 수도 있다. 설령 지난번과 동일한 감정을 느꼈다 하더라도 이번에는 행동을 서로 다르게 표출할 수도 있다. 사회 과학자들마다 같은 소외감에 대해 같은 목소리를 내기 어려운 이유가 바로 그러한 감정이 다양한 현상으로 나타나기 때문이다. — 서도식, 〈인간의 소외, 어디에서 오는 걸까〉

라 세상과 사회의 기준에 나를 맞추고 부단히 노력하는 일은 힘들다. 하이데거는 다른 사람들이 선호하는 삶의 기준에 자신을 맞추지 말라고 한다. 내면에 귀를 기울여 자신의 존재가 원하는 것, 그것에 기준을 두라는 의미이다. 세상이라는 물결에 휩쓸릴 것이 아니라 당당히 일어서는 자신의 세상을 만들기를 권하고 있다.

인간은 자기 자신이나 자신의 삶에 대해 묻고 고민하면서 존재한다. 하이데거는 이를 가리켜 실존하는 존재라고 표현하였다. 즉 개인의 자유와 책임 등을 강조하며 주체적인 삶을 강조했다. 그리하여 고정 관념을 넘어 어떤 것도 방해할 수 없는 근본적인 자유 등의 의미를 찾아야 한다. 보통 독재라는 용어는 정치와 관련해서 사용하지만, 자의적으로 결정해 타인에게 강요한다는 의미에서 보면 독재는 비단 정치의 영역에서만 이루어지는 것이 아니다. 사회, 문화, 예술, 경제 등 면면을 잘 들여다보면 독재의 형태를 의외로 쉽게 발견할 수 있다. 예를 들어 음악, 드라마, 패션 등 유행하는 문화에 대해 모르면 대화에 참여하기 어렵다.

이처럼 모두가 똑같은 생각과 행동을 하도록 강요받는 것, 그리고 그런 문화에 동의하지 않을 수 없게 만드는 분위기에 휩쓸리는 것. 이것이 바로 대중문화 안에서 일어나는 독재이다. 자신의 선택보다 타인의 방식을 쫓고, 타인의 눈을 의식하고, 그들이 하는 방식을 흉내 내는 것일 뿐이다. 일상성의 독재에서 벗어나기 위해서는 다른 사람의 시선에서 벗어나 내 존재 자체에 집중하고 귀 기울여야 한다. 그래서 하이데거는 "일상성에서 벗어나 자신의 삶으로 돌아가라."라는 말을 남긴 것이다.

— 임선희, 《하이데거 존재와 시간》

1. 다음은 카프카의 소설 〈변신〉의 주요 부분을 발췌한 글입니다. 인용한 부분에 유의하여 소설에 나타난 '변신'의 상징적 의미를 해석하고, 오늘날 이와 유사한 상황으로 어떤 것이 있을 수 있는지 구체적인 경우를 예로 들어 설명해 봅시다.

> **가** One morning, when Gregor Samsa woke from troubled dreams, he found himself transformed in his bed into a horrible vermin. He lay on his armour-like back, and if he lifted his head a little he could see his brown belly, slightly domed and divided by arches into stiff sections.
>
> **나** "But Sir," called Gregor, beside himself and forgetting all else in the excitement, "I'll open up immediately, just a moment. I'm slightly unwell, an attack of dizziness, I haven't been able to get up. (omitted) I'll set off with the eight o'clock train, as well, these few hours of rest have given me strength. You don't need to wait, sir; I'll be in the office soon after you, and please be so good as to tell that to the boss and recommend me to him!"
>
> And while Gregor gushed out these words, hardly knowing what he was saying, he made his way over to the chest of drawers. (omitted)
>
> "Did you understand a word of all that?" the chief clerk asked his parents, "surely he's not trying to make fools of us."
>
> **다** He was still occupied with this difficult movement, unable to pay attention to anything else, when he heard the chief clerk exclaim a loud "Oh!", which sounded like the soughing of the wind. Now he also saw him — he was the nearest to the door — his hand pressed against his open mouth and slowly retreating as if driven by a steady and invisible force. Gregor's mother, her hair still dishevelled from bed despite the chief clerk's being there, looked at his father. Then she unfolded her arms, took two steps forward towards Gregor and sank down onto the floor into her skirts

that spread themselves out around her as her head disappeared down onto her breast. His father looked hostile, and clenched his fists as if wanting to knock Gregor back into his room.

라 It was impossible for Gregor to find out what they had told the doctor and the locksmith that first morning to get them out of the flat. As nobody could understand him, nobody, not even his sister, thought that he could understand them, so he had to be content to hear his sister's sighs and appeals to the saints as she moved about his room.

마 He had filled his pockets with fruit from the bowl on the sideboard and now, without even taking the time for careful aim, threw one apple after another. These little, red apples rolled about on the floor, knocking into each other as if they had electric motors. An apple thrown without much force glanced against Gregor's back and slid off without doing any harm. Another one however, immediately following it, hit squarely and lodged in his back; Gregor wanted to drag himself away, as if he could remove the surprising, the incredible pain by changing his position; but he felt as if nailed to the spot and spread himself out, all his senses in confusion. (omitted)

No-one dared to remove the apple lodged in Gregor's flesh, so it remained there as a visible reminder of his injury.

바 After they had come back from taking his father to bed Gregor's mother and sister would now leave their work where it was and sit close together, cheek to cheek; his mother would point to Gregor's room and say "Close that door, Grete." and then, when he was in the dark again, they would sit in the next room and their tears would mingle, or they would simply sit there staring dry-eyed at the table.

사 "Father, Mather," said his sister, hitting the table with her hand as introduction, "we can't carry on like this. Maybe you can't see it, but I can. I don't want to call this monster my brother, all I can say is: we have to try and get rid of it. We've done all that's humanly possible to look after it and be patient, I don't think anyone could accuse us of doing anything wrong."

아 He was hardly inside his room before the door was hurriedly shut, bolted and locked. The sudden noise behind Gregor so startled him that his little legs collapsed under him. It was his sister who had been in so much of a rush. She had been standing there waiting and sprung forward lightly, Gregor had not heard her coming at all, and as she turned the key in the lock she said loudly to her parents. "At last!"

"What now, then?" Gregor asked himself as he looked round in the darkness. He soon made the discovery that he could no longer move at all. This was no surprise to him, it seemed rather that being able to actually move around on those spindly little legs until then was unnatural.

자 He remained in this state of empty and peaceful rumination until he heard the clock tower strike three in the morning. He watched as it slowly began to get light everywhere outside the window too. Then, without his willing it, his head sank down completely, and his last breath flowed weakly from his nostrils.

차 After that, the three of them left the flat together, which was something they had not done for months, and took the tram out to the open country outside the town. They had the tram, filled with warm sunshine, all to themselves. Leant back comfortably on their seats, they discussed their prospects and found that on closer examination they were not at all bad.

— Franz Kafka, ⟨The Metamorphosis(Die Verwandlung)⟩

개요표	
서론	
본론	
결론	

아로파 세계문학을 펴내며

一日不讀書 口中生荊棘

　　흔히 책 한 권이 한 사람의 운명을 바꿀 수 있다고 한다. 훌륭한 책을 차분하게 읽는 것이 개개인의 인생 역정에 지대한 영향을 미친다는 의미이다. 특히 젊은 날의 독서는 읽는 그 순간으로 그치는 것이 아니라, 독자의 인생 전반에 걸쳐 그 울림의 자장이 더욱 크다. 안중근 의사가 형장의 이슬로 사라지기 전 후대를 위해 남긴 수많은 경구 중 특히 '일일부독서구중생형극(一日不讀書口中生荊棘)'이라는 유묵이 전하는 바는 지금 이 순간에도 절절하게 다가온다.

　　고전은 시대와 세대를 뛰어넘어 당대를 사는 독자에게 언제나 깊은 감동을 준다. 시간이 흘러도 인간이 추구하는 근본적이고 보편적인 가치는 변하지 않기 때문이다. 이러한 고전 읽기는 가벼움과 효율성을 중시하는 담론이 지배하고 있는 시대에 우리에게 삶을 다시 한번 돌아보게 한다.

　　아로파 세계문학 시리즈는 주요 독자를 청소년으로 설정하였다. 번역 과정에서도 원문의 맛을 잃지 않는 한도 내에서 최대한 청소년의 눈높이에 맞추고자 노력하였다. 도서 말미에는 작품을 읽은 뒤 토론하는 데 도움을 주는 '깊이읽기' 해설편과 토론·논술 문제편을 각각 수록하였다.

　　열악한 출판 현실에서 단순히 차려진 밥상에 숟가락을 얹는 것이 아닌, 청소년들이 알을 깨고 나오는 성장기의 고통을 느끼는 데에 일조하고 싶었다. 아무쪼록 아로파 세계문학 시리즈가 청소년들의 가슴을 두드리는 북이 되었으면 하는 바람이다.

옮긴이 **최성욱**

한국외국어대학교 독일어과를 졸업하고 동 대학원에서 로베르트 무질 연구로 문학박사 학위를 받았다. 덕성여자대학교와 백석대학교에서 강의했고, 현재 대전대학교(비교문학 및 현대 사회와 대중문화), 중앙대학교(그리스 비극과 신화), 한국외국어대학교 통번역학과(독일어 읽기)에서 강의하고 있다.

저서로는 《로베르트 무질》, 《이미지, 문자, 해석》(공저)이 있고, 역서로는 《데미안》, 《수레바퀴 아래서》, 《쇼펜하우어의 논쟁에서 압도적으로 이기는 38가지 기술》, 《현대예술 철학》, 《카이와 그레타》, 《쉐어하우스》, 《알루미늄의 역사》, 《더 나은 사람들의 역사》, 《사랑의 완성》 등이 있다.

아로파 세계문학 **09**
변 신

1판 1쇄 발행 2016년 6월 10일
1판 10쇄 발행 2024년 11월 15일

지은이 프란츠 카프카 | 옮긴이 최성욱 | 펴낸이 이재종
편   집 윤지혜, 정경선 | 디자인 정미라

펴낸곳 도서출판 **아로파**
등록번호 제2013-000093호
등록일자 2013년 3월 25일
주소 서울시 강남구 도곡로 63길 23, 302호
전화 02_501_1681
팩스 02_569_0660
이메일 rainbownonsul@hanmail.net
ISBN 979-11-87252-01-6
      979-11-950581-6-7(세트)